NANINE

DE

MANCHESTER.

Ce ne sera point une chimére, Miss, si vous le permettez.

NANINE

DE

MANCHESTER,

PAR MADAME

Flore LEFEVRE-MARCHAND,

AUTEUR DE LUCIEN,

OU

L'ENFANT ABANDONNÉ.

TOME PREMIER.

A PARIS,

Chez {

MARCHAND, Libraire, Palais du Tribunat, galerie de bois, près le Passage Valois, N⁰. 188.
Et au Passage Feydeau, N°. 24.
LE PRIEUR, Libraire, rue Saint-Jacques, N°. 278.

NANINE

DE

MANCHESTER.

MILORD Manchester voyait croître
avec indifférence, la beauté, les grâces
et les talens de Lady Nanine, sa fille ;
envain elle joignait à tous ces dons
de la nature, le caractère le plus aimable : tant de qualités ne pouvaient
la faire aimer de son père. Sir Charles,
son frère, né violent, dissimulé, vin-
dicatif, était l'idole de Milord. Sans
doute, il ne l'aimait tant, que parce
qu'il trouvait dans le jeune Charles,
une ressemblance parfaite avec lui,
tant pour le physique que pour le moral.

Il formait , depuis long-temps , des projets sur lui : le moment où il crut pouvoir les réaliser , étant venu , il se détermina à lui faire quitter ses études, pour l'instruire dans le grand art de captiver à son tour la bienveillance du Prince. Manchester , devenu depuis quelques années le favori de son Roi, l'ame de son conseil , gouvernant l'état plus que le Roi lui-même , voyait , avec inquiétude , le Prince de Galles balancer son pouvoir. Les courtisans , que sa politique avait su éloigner du Roi, s'étaient réunis autour du jeune Prince , et lui formaient une cour plus nombreuse que celle de son père. Le Monarque était vieux ; avec lui finissait l'autorité que le favori ne devait peut-être qu'à sa faiblesse : il crut donc l'affermir sur une base solide , en faisant de Sir Charles le favori du Prince de Galles. Les moyens pour y parvenir lui paraissaient faciles, pourvu qu'il lui trouvât l'ambition et la souplesse nécessaires à l'exécution de son projet : il le croyait si bien conçu, et la réussite si certaine, qu'il ne pût le cacher à son épouse, malgré qu'il affectât depuis long-temps de la négliger.

Cette vertueuse femme, quoique soumise aveuglément aux volontés de son mari, n'approuvait pas intérieurement son ambition : elle hasarda de de lui faire quelques objections. « Dites-moi, Milord, le bonheur se trouve-t-il dans la vie agitée d'un homme de cour ? pouvez-vous vous dire heureux ? Soyez franc avec moi ; avouez que Manchester, vivant dans ses terres, faisant du bien à ses vassaux, jugeant leurs différends, recevant ses amis, (car il en avait alors) passait des jours plus tranquilles, plus doux, que Manchester devenu le favori d'un Roi.....

Maintenant en butte à la jalousie des courtisans, sans cesse en garde contre les embûches qu'ils lui tendent, combien de soins, de veilles pour déjouer leurs complots ! Me direz-vous qu'une telle existence est préférable à celle que vous pouviez vous faire ? Au moins si vous ne pouvez y renoncer, n'y associez pas votre fils. » — « Je ne sais, lui dit son époux (en se levant avec fureur) comment j'ai pu vous écouter si long-temps : au surplus, peu m'importe, Madame, que vous m'approuviez ou non : mon parti est pris, et mon fils sera le favori du Prince ; je vous en donne ma parole. » Il la quitta en prononçant ces derniers mots.

« Qu'ai-je fait? s'écria aussi-tôt cette femme timide ; que n'ai-je applaudi à ce projet insensé ! Pourquoi l'intérêt d'un fils m'a-t-il fait sortir des bornes que je m'étais prescrites ? Ne savais-je

pas qu'un projet encore indécis pour
cet homme, devenait invariable dès
qu'on le contrariait; et que ce caractère
violent, une fois irrité, était incapable
de revenir à la raison? Comment le
ramener à présent à des sentimens plus
modérés....? » La tête appuyée sur ses
mains, il lui échappe des larmes: elle
s'empresse de les essuyer, pour les dérober aux yeux de sa fille, dont la voix
et les pas se font entendre.

« Qu'as-tu, maman? dit Nanine....
Ah ciel! tu as pleuré!..... ton cœur
est gros de soupirs..... Pourquoi t'ef-
forcer de les retenir? ne suis-je pas ta
fille chérie, ton amie....? car souvent
tu m'as donné ce titre. Si tu gardes le
silence, si tu me caches tes peines, je
croirai que tu ne m'aimes point autant
que je m'en étais flattée. — Ma fille,
ma chère Nanine, lui dit sa mère, en
la pressant dans ses bras, ne cherche

point à pénétrer la cause de mes larmes ;
qu'il te suffise de l'assurance que je te
donne , que ta vive tendresse adoucit
toutes mes peines , et que la prudence
seule m'empêche de les répandre dans
ton sein. Tu es si jeune !.... et quoique
ta raison paraisse au-dessus de ton âge,
elle n'est pas encore assez formée. Dans
quelques années , peut-être sera-t-il
nécessaire que ma fille connaisse parfaitement le cœur , et la situation de sa
mère ; mais jusqu'à ce moment je défends à ma chère enfant de me presser
sur ce sujet... »

« Maman , ma chere maman ! pardonne ma curiosité : tu en connais le
motif ; il doit m'excuser à tes yeux ; je
ferai mon bonheur de t'obéir ; ne suis-
je pas déjà trop heureuse d'avoir une
si bonne mère ? Hélas !... que n'ai-je...
un tel père ! — Nanine ! (en la regardant d'un œil sévère) qu'il ne vous

arrive jamais de faire entendre de sem-
blables plaintes. — Ma mère, pardonne, pardonne, je me mets à tes
genoux...... Je sens que je suis loin
d'avoir tes vertus, ta patience ; mais
je les aurai..... oui, je t'imiterai !
— Quittons, lui dit Milady, en la re-
levant, un entretien pénible... — Ah,
oui, parlons de mon frère, du plaisir que
j'aurai à le voir ; il me semble qu'il est
bien long-temps en route ; il n'y a pourtant pas si loin d'Oxford ici : crois-tu,
maman, qu'il ait la même impatience
que moi ?.... Elle ajoute : Mais, oui, il
doit l'avoir ; quand je l'aime, que je vois
en lui un ami, il doit penser de même...
Tu ne me dis rien.... tu crois donc
qu'il ne m'aimera pas ? — Ma chère
amie, je ne veux pas t'alarmer ; peut-
être ne le connais-je pas bien ; je l'ai
peu vu depuis qu'il est à Oxford, n'y
ayant été que trois fois : je le jugerais

A 4

peut-être en ce moment trop sévèrement; je me flatte que, lorsqu'il sera
avec nous, son caractere prendra une
autre forme. Que ne doit point au surplus espérer une sœur douce et sensible ? Il t'aimera, ma fille, j'en ai le
doux espoir. — Ah, maman, je vais
donc être bien heureuse ! deux cœurs
me seront ouverts, et partageront
toutes mes affections.... — Ma fille,
oubliez-vous que votre père y a des
droits ? — Mon père a mon respect,
et ma mère toute ma tendresse.... »
Craignant de nouveaux reproches, elle
salua humblement sa mère, et se retira.

Le lendemain de cet entretien, elle
n'osa entrer chez sa mère, dans la
crainte de la trouver irritée de sa franchise : cependant l'heure où elle s'y
présente ordinairement est passée.
Comment différer davantage ? elle se

soumet enfin à éprouver, avec résignation, toute la rigueur de Milady. Cette
rigueur devait-elle la faire trembler ?
cette mère était si bonne, si indulgente
pour sa Nanine, qu'elle n'en avait rien
à redouter. Ayant fait ces réflexions,
elle avança d'un pas léger vers l'appartement de Milady. Prête à ouvrir
la porte, elle s'arrêta, en reconnaissant
la voix de son père ; elle retira sa main
avec effroi ; c'est alors qu'elle fut vraiment tremblante ; elle retourna chez
elle avec promptitude : sa femme-de-
chambre, qui parut en ce moment,
lui annonça l'arrivée de Sir Charles....
« Mon frere ! (s'écria-t-elle) et où est-
il ? — Chez Madame ; il y a été conduit
par Milord lui-même. » Elle n'en entend pas davantage, elle est déjà chez
sa mère. A peine a-t-elle salué, qu'elle
va se jeter au cou de son frère. Il se
laisse embrasser, sans lui rendre ses

caresses ; à peine répond-il à tout ce qu'elle lui dit de tendre. Nanine, frappée de cette froideur, reste immobile, les bras pendans, et les yeux baissés sur le parquet. La conversation, que son arrivée avait interrompue, reprend son cours. « Ma fille, vous n'êtes plus un enfant, lui dit Milady, en lui prenant la main, vous pouvez prendre part à notre entretien ; venez vous mettre auprès de moi. — Miss, voilà un fauteuil, ajouta Milord, d'un air assez riant. » Cette faveur inattendue fit la plus douce sensation sur l'ame de la jeune Lady : elle obéit avec joie. Obligée de passer devant son frère, elle le salua : il ne lui fit pas la plus légère inclination. Milord, qui, ce jour-là, était de bonne humeur, sourit ; et s'adressant à Charles, il lui dit : » Il me paraît, mon fils, que la politesse vous est inconnue. Je vous le pardonne, parce que vous sortez du collège ; cependant songez à vous corriger.— Mais, Milord, répondit Sir Charles, en rougissant de dépit, je ne croyais pas devoir du respect à une sœur beaucoup plus jeune que moi.

Du respect ! mon cher frère, je ne vous en demande pas ; votre amitié est tout ce que je desire, et il n'est rien que je ne fasse pour l'obtenir. » Charles, qui s'apperçoit que son père l'examine, adoucit l'expression de sa physionomie ordinairement dure et méprisante, s'avance vers sa sœur, lui baise la main, et lui dit : « Chère Nanine, voici ma réponse. »

— C'est bien, mon fils, reprit Manchester, je suis content ; allez embrasser votre mère : il faut que je sorte, vous m'accompagnerez. » Il les salua ensuite avec un air de gaîté et de contentement qui lui était si peu ordinaire,

que Nanine en fut surprise « Combien,
Milord est aimable aujourd'hui ! Maman, ne le trouves-tu pas comme moi?..
— Oui, ma fille. — Ah ! pourquoi n'est-
il pas toujours de même ! — La vie
agitée de votre père, n'est guères com-
patible avec la gaîté : ce n'est qu'au
sein de sa famille, qu'il peut la sentir.

— Pourquoi n'est-il pas plus souvent
avec nous, s'il y trouve le plaisir ? A
sa place, je renoncerais à la cour, qui
me donnerait de l'humeur, pour vivre
avec ceux qui m'aimeraient, et que ma
présence rendrait heureux.

— Vous ignorez encore, ma chère
amie, dans quelles entraves nous nous
mettons, et dont on ne peut plus se
retirer ; vous ne savez pas à quoi le
monde, les richesses nous entraînent ;
puissiez-vous l'ignorer long-temps pour
votre bonheur ! Votre père, devenu
l'ami de son Roi, a des connaissances

qui l'ont placé à la tête du conseil : comme son ame est grande, nous devons croire qu'il ne se sert de son crédit que pour faire le bien. Nous ne devons plus le blâmer de supporter quelques désagrémens, il doit en trouver la récompense dans son cœur.

« — Maman, tu sais toujours me convaincre ; quand tu parles, mon père devient un être respectable que je dois chérir ; je ne veux plus le voir que par tes yeux : mais voudras-tu me persuader que mon frère m'aime ?.... a-t-il reçu avec plaisir les expressions de ma tendresse ?.... Tu soupires !.... Ah ! n'en parlons plus.... n'en parlons jamais. »

Madame de Manchester avait senti encore plus vivement peut-être que sa fille, l'accueil froid et hautain, que Sir Charles lui avait fait ; mais lui déguisant ce qu'elle en pensait, elle la rassura, l'engagea à le prévenir par mille petits soins auxquels il ne pourrait être insensible, et à lui témoigner sur-tout une déférence dont son âge lui faisait un devoir. Nanine, toujours soumise, lui promit de suivre ses conseils.

Sir Charles avait conçu contre sa sœur la plus basse jalousie ; sa mère même lui était désagréable. Ardent, ambitieux, il était entré avec joie dans les vues de son père. Sa vanité, flattée par les chimères dont Milord l'avait entretenu, l'avait porté à se croire déjà un grand personnage. Il n'avait pu, sans le plus violent dépit, entendre louer le mérite et les talens de Lady Nanine : son père même lui en avait parlé avec éloge ; il n'en fallut pas davantage pour la lui rendre odieuse. Il n'avait point profité de l'éducation qui lui avait été donnée ; grand, bien fait,

d'une belle figure, extrêmement riche,
le fils d'un favori du Roi, il avait cru
avec tous ces avantages, ne pas devoir
s'astreindre à des études pénibles, dont
il pouvait se passer. Malheureusement,
Milord ne pensait pas de même ; il se
plaignait très-fort de son ignorance,
et lui offrait sans cesse sa sœur pour
modèle. Charles se trouvait trop humilié par cette comparaison, pour ne
pas chercher à en éloigner l'objet : il
pouvait lui être facile d'en trouver les
moyens ; mais ce qui l'était moins,
c'était d'en dérober les motifs à son
père. Quelques mois se passèrent, sans
pouvoir en trouver qui le missent à
l'abri des soupçons : sa haîne en augmentait ; quelle adresse ne lui fallait-
il pas pour la dissimuler ? Enfin, il se
présenta une occasion, dont le double
avantage fut de s'en faire un mérite
aux yeux de son père et de Milady.

Un matin, qu'il était passé chez elle pour s'informer de sa santé, (ce qui lui arrivait rarement) il la trouva très-indisposée, et l'engagea à consulter quelqu'un. « Ah ! lui dit-elle, je sais bien ce qu'il faudrait faire, mais je ne puis parvenir à quitter Londres ; j'ai beau représenter à votre père, que l'air m'est contraire, je ne peux obtenir d'aller à la campagne, où je me trouverais mieux à tous égards : j'ai pris le parti de ne lui en plus parler — Eh bien, Madame, reprit Charles, me permettez-vous de tenter d'obtenir ce consentement ? — Vous réussirez, je n'en doute pas, mon fils, et je vous aurai la plus grande obligation. — Je me rends de ce pas chez Milord, lui dit-il, et vous pouvez compter sur mon zèle. »

Nanine avait employé tous ses soins pour gagner l'amitié de son frère ;

malgré

malgré son peu de succès, elle avait
long-temps persisté, espérant qu'à la
fin elle réussirait ; mais voyant ses
avances reçues avec indifférence, et
même avec dédain, quand ils n'étaient
plus sous les yeux de Milord, elle avait
pris le parti de ne lui en plus faire, et
même de l'éviter. Quoiqu'elle éprouvât
le plus vif chagrin des procédés de son
frère, elle le cachait à Milady, pour ne
pas l'affliger. Elle l'avait bien vu entrer
chez sa mère ; mais ne voulant pas se
trouver avec lui, elle avait attendu
qu'il en fût sorti pour y entrer à son
tour, ne présumant pas qu'il dût y revenir. Il n'y avait qu'un instant qu'elle
y était quand Charles reparut avec un
visage riant. « Madame, en s'adressant à sa mère, j'ai le plaisir de vous
apprendre que j'ai réussi ; Milord n'a
pu résister à mes vives instances : il y
met pourtant une condition. — Quelle

Tom. I. B

est-elle, je vous prie ? — C'est que
vous préfériez Manchester. » Elle fit
un signe de soumission, le remercia de
l'intérêt qu'il venait de lui témoigner,
et lui tendit la main avec l'expression
de la reconnaissance, en ajoutant :
« Mon fils, puisque vous m'aimez autant que je le desire, il faut que vous
me donniez encore une marque de tendresse qui me flattera ; je voudrais avoir
votre portrait ; ne sachant quand je
vous reverrai, je veux emporter dans
ma retraite, un gage de votre amitié.
Votre sœur peut vous peindre avant
notre départ ; et je suis sûre qu'elle le
fera avec le plus grand plaisir. — Oh !
oui, maman, mon frère ne peut en douter. » Charles parut se prêter sans peine
à ce qu'on desirait, et Nanine lui demanda une séance pour le lendemain ;
il l'accorda et ne tint pas parole : elle
lui en témoigna sa peine. « Que pen-

sera maman, lui dit-elle? Pourquoi lui
faire de la peine? Il vous en coûterait
si peu; il me serait si agréable de vous
peindre : une si belle figure serait facile à rendre. — Vrai? Vous trouvez....
reprit Charles avec fatuité, je ne le
croyais pas. » En disant ces mots, il se
regardait dans une glace, et souriait.
Nanine, voyant qu'elle avait flatté son
amour-propre, devint plus pressante.
« Je me rends, lui dit-il, si vous êtes
sûre d'être aussi fidèle que cette glace. »
Quoiqu'elle n'eût pas la prévention de
le croire, elle le promit. Le beau Charles
se prêta à toute la complaisance qu'elle
exigea. Au bout de quelques séances,
il demanda à voir le portrait, et se
trouva bien ressemblant : dès qu'il fût
fini, il voulut l'avoir sous prétexte de
le faire monter sur un bracelet; elle
le lui donna sans défiance.

Le moment du départ approchait;

Madame de Manchester ne voyait point
son époux ; elle le fit prier de passer
chez elle ; il répondit qu'excédé d'affaires, il ne voulait plus être tour-
menté, et qu'après avoir consenti à
ses desirs, il comptait qu'elle partirait
le jour fixé pour son départ, parce que
les apprêts de voyage l'ennuyaient, et
que s'ils duraient plus long-temps, il
pourrait bien le révoquer. Au moment
de monter en voiture, elle se rendit
chez lui avec sa fille ; il venait de sortir.
« Hé bien, dit-elle, qu'on rentre les
chevaux ; je ne partirai pas sans le voir. «
Charles accourt aussitôt : « Madame,
que faites-vous ? pourquoi attendre Milord ? vous allez le fâcher ! — Mon
devoir est de saluer Milord avant de
m'en séparer : qui sait si dans l'état de
langueur où je suis, ce ne sera pas
notre dernier adieu ? » Il ne put cacher
son mécontentement de ce retard im-

prévu ; un signe d'impatience même lui échappa ; elle s'en apperçut, et remonta chez elle le cœur serré. Milord rentra au bout d'une heure ; étonné de voir encore la voiture dans la cour, il appela un des domestiques de sa femme : « Allez dire à votre maîtresse que, si elle laisse passer ce jour sans partir, je lui ordonne de ne jamais me parler de voyage. » — Milady désire vous faire ses adieux, Milord. — Je n'en ai pas besoin ; dites-lui que je n'ai rien à lui dire ; qu'elle ne s'occupe pas plus de moi que je ne m'occuperai d'elle : et nous serons tous deux tranquilles. » En finissant ces mots, il repartit de l'hôtel, en disant au cocher de le conduire chez le duc de... où il allait dîner.

Aucun des domestiques ne pouvait se résoudre à annoncer à Milady ce qui venait de se passer. Tous la respectaient et l'aimaient trop , pour pouvoir l'affliger : ils en furent dispensés par l'arrivée de leur jeune maître, qui, ayant tout entendu, se hâta de l'aller reporter à sa mère, dans les mêmes termes , si même il n'y ajouta pas.

Elle lève les yeux au ciel, prend le bras de sa fille, et sans rien répondre, elle descend dans la cour ; son fils la suit : elle y trouve tous les domestiques rassemblés ; chacun s'approche d'elle avec attendrissement : « Notre bonne maîtresse, s'écrient-ils tous , nous allons donc vous perdre ? Nous n'osons en murmurer , puisque votre santé l'exige; elle nous est si chère! Mais promettez-nous de revenir dès qu'elle sera rétablie. — Oui, mes amis, oui, j'espère vous revoir. » Elle leur tend la main..... Ils n'osent la presser dans les leurs, et se jettent à ses pieds avec un respect religieux; ils éprouvent un sentiment si pénible qu'ils ne peuvent plus s'exprimer que par leurs sanglots ; elle leur fait à tous quelques présens, et ne pouvant soutenir une scène qui contrastait si cruellement avec la conduite de son époux et de son fils, elle monte dans sa voiture. Le même empressement se renouvella autour de Nanine : Charles les salua et rentra, outré des témoignages d'amitié que venait de recevoir sa sœur. La voiture partit enfin ; elles entendirent encore les bénédictions qu'on leur donnait.

Elles furent quelques instans sans pouvoir parler ni l'une, ni l'autre ; Milady enfin se pencha sur sa fille, la serra dans ses bras, en laissant un libre cours à ses larmes. Nanine, en les essuyant, lui demanda si elle regrettait Londres?... « Non, ma fille, non ; tu sais qu'il y a long-temps que je desire m'en éloigner. Je n'y dois regretter

que ces bons serviteurs, puisqu'eux
seuls se sont montrés sensibles à mon
départ ; aussi mes larmes coulent-elles,
autant de sensibilité sur eux, que de
chagrin de la dureté de votre père et
de votre frère. Je ne devrais plus parler
de celle de votre père ; je suis habituée
depuis long-temps, aux épreuves de
sa part : mais, mais votre frère !....
Ah ! je ne le vois que trop, sa mère et
sa sœur ne lui sont, ne lui seront jamais
chères.—Ne t'afflige pas, maman, peut-
être un jour sentira-t-il son tort ; il n'a
eu jusqu'à présent ni bons conseils, ni
bons exemples : s'il eût été formé par
toi, il eût été bon fils et bon frère ;
il eût aimé la vertu. J'espère, moi, que
ce qui vient de se passer le fera rentrer en lui-même ; il deviendra sensible,
humain : c'est un sentiment si doux
d'aimer et d'être aimé ! Mon frère ne
peut manquer de connaître aussi ce
bonheur.....

bonheur.... mon cœur me répond
qu'il le connaîtra.... — J'en accepte
l'augure, reprit Milady, en laissant
échapper un soupir qui démentait ses
paroles. »

Tandis que la voiture roule et éloigne
les deux voyageurs de la capitale, cha-
cune d'elles, diversement occupée, se
livre insensiblement à la rêverie : celle
de Milady la reportait dans les lieux
qu'elle quittait, où elle venait de laisser un époux et un fils, deux objets
toujours chers pour une femme aussi
sensible; elle s'en occupait douloureu-
sement, tandis que sa fille, déjà en
esprit au château de Manchester, n'y
voyait qu'un avenir heureux. Elle se
disait à elle-même : « Comme mes jours
vont s'écouler avec sécurité dans ce séjour tranquille, où j'ai passé les premières années de mon enfance ! Mon
cœur bat d'avance, en pensant au

plaisir que je vais éprouver en embrassant la compagnie que j'y ai laissée.
Combien je l'ai regrettée ! Son souvenir m'a toujours occupée..... Ah ! sans
doute, je n'en suis pas oubliée ! Que
de choses nous aurons à nous dire !...
Anna ! ma chere Anna ! tu me conso-
leras de n'avoir pu me faire aimer de
mon père et de mon frère ; bientôt je
perdrai jusqu'au souvenir de mes peines ! Ma mère et toi vous suffirez à mon
cœur. »

Après quelques jours de marche et
d'ennui, on découvrit l'avenue du château, puis le château lui-même ; enfin,
on est dans la cour. Madame de Manchester, ayant un peu souffert de la lon-
gueur du chemin, avait besoin de repos. Pendant que ses femmes, et sa fille
elle-même, s'empressent de la mettre
au lit, un léger bruit se fait entendre
à la porte ; Nanine y court, afin d'em-

pêcher les importuns d'entrer. « Miss,
ne puis-je vous présenter mon respect,
dit la personne qui est dehors ? — Oh!
c'est elle, c'est elle ! s'écria la jeune
Lady, en ouvrant la porte précipitamment ; c'était effectivement Anna,
mais si grande et si embellie, que Nanine resta interdite en la regardant;
son amie, qui éprouva la même surprise, hésita un moment. Cédant enfin
aux mouvemens de leurs cœurs, elles
se jetèrent dans les bras l'une de l'autre. « Est-ce bien toi, ma chère Anna !
lui dit Nanine, comme tu es belle !
Quel changement depuis que je ne t'ai
vue ! » Anna rougit, et lui dit avec vivacité : « Je ne sais si ma personne est
changée, mais mon cœur, chère Lady,
plus que jamais, vous est dévoué. « Milady lui fait aussi l'accueil le plus flatteur, et lui promet d'être toujours sa
protectrice. »

Nanine la conduit dans son appartement, pour se rendre un compte mutuel de tout ce qu'elles avaient pensé
ou fait depuis leur séparation. L'une
avait seize ans , et l'autre en avait
quinze : on pourrait penser qu'à cet
âge leurs confidences pouvaient être
intéressantes. : mais la retraite et l'innocence dans laquelle elles avaient
vécu, leur avait fait ignorer l'amour.
Ce ne furent donc que les épanchemens
d'une tendre amitié qui firent la ma-
tière de leur entretien. Je le passerai
sous silence , pour entrer avec le lec-
teur dans quelques détails sur Anna ,
que sans doute il ne sera pas fâché de
connaître : d'ailleurs sa vie , désor-
mais liée avec celle de lady Nanine,
partagera souvent l'intérêt.

Anna était née au château ; sa mère
avait été accueillie par Milady, à la
recommandation d'un digne ministre

de la ville de Manchester , où , pendant quelques années, son mari avait été établi. Ayant éprouvé des banqueroutes , ils s'étaient vus obligés , pour faire honneur à leurs affaires , à la dure nécessité de tout abandonner à leurs créanciers , et de se réduire au point de manquer du nécessaire. Le bon ministre les retira chez lui , chercha les moyens de les consoler et de les faire subsister. M. Campton , père d'Anna , ne put supporter sa situation ; il adorait sa femme ; il la voyait privée de toute aisance , prête à donner le jour à un enfant qui n'allait exister que pour connaître la misère et toutes ses horreurs. En vain son ami voulait remonter son courage , en lui faisant espérer un avenir plus heureux ; il ne put parvenir à le persuader ; une mélancolie sombre s'empara de lui, la vie lui devint à charge , et il se détermina à finir

ses peines. Après avoir écrit à son ami,
pour lui recommander sa femme, il
sortit de la ville : ses pas se tournèrent
vers le parc de Manchester ; il parvint
à s'y introduire : le ministre, alarmé
par la lettre de son ami, s'informa du
chemin qu'il avait pris, et suivit ses
traces ; arrivé au château, il pria un
des domestiques de l'accompagner dans
sa recherche ; ils parcoururent le parc ;
ils appellèrent en vain ; ils se détermi-
naient à porter leurs pas d'un autre
côté, quand le ministre entendit un
coup de pistolet tiré à peu de distance
de lui. Il fut saisi d'effroy ; ses jambes
tremblèrent sous lui ; le domestique le
soutint et l'aida à marcher du côté d'où
était parti le coup ; ils n'eurent pas fait
vingt pas qu'ils découvrirent le corps
déjà inanimé du malheureux Campton.
Ils le firent transporter au château, où
Milord et Milady étaient alors ; le Mi-

nistre leur parla de la veuve avec tant
d'intérêt, que Milady se rendit chez elle,
et la prépara peu-à-peu au malheur
qu'enfin elle lui découvrit. La douleur
qu'éprouva cette pauvre femme l'eût
conduite au tombeau, sans la pitié con-
solante de Madame de Manchester,
qui ne la quittait presque pas. Elle la
fit transporter chez elle, dès qu'elle
pût soutenir la route.

L'amour maternel, qui commençait
à agiter son cœur, et l'amitié de sa
bienfaitrice, adoucirent peu-à-peu
l'amertume de ses regrets. Elle donna
le jour à une fille à qui Milord et son
épouse lui promirent de faire un sort
heureux. Cette assurance, en la tran-
quillisant sur l'avenir, la mit bientôt
en état d'être à la tête de la maison de
Manchester. Milady se reposa sur elle
de tous les détails de l'économie domestique.

Peu de temps après son séjour au château, s'étant apperçue que Madame de Manchester était grosse, elle lui demanda comme une faveur de nourrir son enfant, Milady, qui, par la faiblesse de sa santé, n'avait pu nourrir son fils, accepta avec joie la demande de Mistriss Campton, sûre que son enfant trouverait en elle les soins délicats d'une mère. Nanine fut donc nourrie du même lait qu'Anna : aussi deux sœurs se chérissent souvent moins que ne le firent ces deux enfans ! Lorsque Milady fut obligée de retourner à Londres, où Milord fixait son séjour, la petite Lady pleura amèrement, quand elle vit que son amie ne devait pas l'accompagner.

Mistriss Campton avait reçu de Milord et de son épouse, l'ordre de ne rien épargner pour l'éducation d'Anna, sa fille. « C'est, lui dirent-ils, la dot la plus sûre que vous puissiez lui procurer,

et une ressource contre la mauvaise fortune. » La proximité de la ville de Manchester lui offrait des ressources suffi-
santes pour les premières années, et
on lui avait promis, par la suite, de
les faire venir l'une et l'autre à Londres ;
mais au bout de quelques années, ce
fut en vain que Milady rappela à son
époux ses promesses, il sut toujours en
différer l'exécution.

Anna, élevée par sa mère, fut de
bonne heure en état de la seconder, et
même de lui succéder, dans le soin de
la maison. Cette bonne mère, étant
morte après quelques jours de maladie,
laissa sa fille inconsolable et hors d'état
d'apprendre à ses protecteurs la perte
qu'elle venait de faire : ce fut le ministre, ami toujours zélé de cette famille,
qui s'en acquitta. Il demandait pour
Anna la place et la confiance qu'on avait
accordées à la mère, assurant qu'elle

les méritait. La lettre étant adressée à
Milord : il fut en faire part à son épouse,
en lui disant qu'il ne pouvait consentir
à laisser les intérêts de sa maison, dans
les mains d'un enfant de quinze ans ;
il ajouta qu'il n'était pas même conve-
nable qu'elle restât livrée à elle-même.
« Eh bien , lui dit Milady , laissez la venir ici. » Milord la refusa avec dureté ,
en ajoutant : « Tout ce que je peux faire ,
Madame , c'est de payer une pension
pour elle chez le ministre, s'il veut s'en
charger : quant à moi , je ne m'embar-
rasserai pas des enfans des autres ,
quand j'en ai déjà trop des miens. Voyez,
Madame, ce que vous voulez faire. Voilà
la lettre , vous pouvez y répondre , je ne
m'en mêle plus ; je paierai la pension ,
et qu'on ne m'en parle pas davantage. »
Milady pria le ministre de recevoir Anna
chez lui , jusqu'à ce qu'elle eût trouvé la
possibilité de la rapprocher d'elle.

Anna fut donc emmenée du château
par le bon vieillard, qui la consola, en
l'assurant qu'elle ne serait point aban-
donnée de sa bienfaitrice. Cette jeune
personne vécut à la ville, aussi retirée
qu'au château. Il y avait un an qu'elle
y était, quand son vieux ami lui annonça que Milady allait arriver sous
peu de jours avec sa fille, et qu'elle
desirait son retour auprès d'elle. Anna
ne put retenir ses larmes ; le ministre
en fut peiné, parce qu'il les attribuait
au plaisir qu'elle ressentait d'être plus
libre. Elle le pénétra. « Mon père, lui
dit-elle, vous jugez mal mon cœur. Sans
doute je ne pourrai revoir ma chère
bienfaitrice et sa fille sans plaisir : mais
je vous jure que ce que j'éprouve
dans ce moment, est causé par le regret
bien vif de me séparer de vous ; et je
veux vous le prouver en demandant à
Milady de ne vous point quitter. A

votre âge, vous avez besoin des soins d'un enfant qui vous chérit. C'est moins par la reconnaissance de ce que vous avez fait pour mes parens, que je veux rester avec vous, que par mon propre attachement. » Le vieillard ému, la pressa contre son sein, et lui dit : « Ma fille, j'ai peu d'années à vivre, et je ne veux pas que tu me fasses le sacrifice des tiennes : non, je ne le veux pas! Je ne peux rien pour toi, et Milady pouvant beaucoup, il faut te rendre à ses desirs. Tant que mes forces me le permettront, j'irai te voir; quand je ne le pourrai plus, tu viendras à ton tour. C'est ta main qui fermera ma paupière. Vas, ma chère enfant, essuyons nos larmes; prépare tout pour notre séparation. » Anna eût beau insister pour rester avec lui, il demeura inflexible. Ce furent ces combats qui empêchèrent qu'elle ne se trouvât à

l'arrivée de la voiture au château ;
comme Nanine s'en était flatté en
route ; le plaisir qu'elle avait eu de la
retrouver sensible à son amitié , ne
lui avait plus permis les reproches
qu'elle se croyait en devoir de lui faire.
Quand , dans le cours de leur conversation , elle apprit le motif du retard
d'Anna , loin de lui en savoir mauvais
gré , elle trouvait son cœur disposé à
respecter , à aimer aussi le vieillard
chéri d'Anna. « Je veux , lui dit-elle ,
que tu me fasses faire sa connaissance.
— Il viendra demain , je n'en doute
pas , rendre ses respects à Milady. Je
n'aurai pas besoin de lui parler de
vous ; il vous verra , il vous aimera ;
car , qui peut vous voir sans vous aimer ? »

Nanine la regarde , et soupire…..
« Il m'aimera !…. oui , je serai sa se-
conde fille….. » Déjà elle roule un

projet dans sa tête ; et, dans la crainte
de le laisser pénétrer à son amie, elle
la renvoya, sous prétexte qu'elle avait
besoin de repos. Le lendemain, elle
entra chez sa mère de très-bonne heure.
« Pourquoi vous être levée si matin, ma
chère fille, étiez-vous inquiète de ma
santé ? — Ce devrait être là mon premier motif, il est vrai, mais je ne sais
pas tromper ; je viens te demander une
grace, sans laquelle, si tu me refuses,
je ne peux être parfaitement heureuse.
— Parle, mon enfant, il n'y a rien
que ta mère ne veuille t'accorder. »
Nanine, après avoir raconté à sa mère,
ce qu'il en avait coûté à son amie pour
se séparer du bon ministre, ajouta :
« Tu vois que je ne peux être heureuse,
puisque je suis la cause de ce sacrifice :
ne peux-tu recevoir ce vieillard dans
le château. — Je ne m'opposerais pas
à tes desirs, j'approuve même la bonté

de ton cœur ; mais je ne suis pas la maîtresse de remplir ta demande ; je suis persuadée même que ton père refusera cette grace : cependant, comme je dois lui écrire aujourd'hui, je lui peindrai la situation de cet homme respectable : s'il y consent, alors tu en parleras à ton amie : mais, dans la crainte d'un refus, attendons la réponse. Je desire aussi, ma fille, que vous alliez écrire à votre père et à votre frère ; je joindrai vos lettres aux miennes. »

Nanine, triste et incertaine, fait appeler son amie : dès qu'elle paraît, elle lui fait signe de venir se placer à côté d'elle. « Ma chère Anna, j'ai besoin de tes conseils : il faut que j'écrive à Milord, à mon frère : juge de mon embarras ! Que leur dire ? De quelque style que je me serve, je suis sûre d'avance qu'il déplaira..... Mon Dieu,

que je suis malheureuse !..... » Anna
la consola et l'encouragea. Après plusieurs brouillons, on termina enfin ces
deux lettres qu'elle fut, en tremblant,
montrer à sa mère, en lui disant : Je
ne sais si tu en seras contente ; mais,
s'il faut que je les recommence, ce sera
sous ta dictée. » Milady prit les lettres
en souriant, et lut tout haut :

MILORD,

« Permettez à votre fille d'oser quel-
» quefois vous écrire, et vous supplier
» de lui conserver votre tendresse.
» Éloignée de vous, elle éprouverait
» la plus douce consolation, si quelque-
» fois un mot l'assurait qu'elle occupe
» votre souvenir et votre cœur. Pour
» vous, Milord, vous serez toujours
» l'objet du respect et de la tendresse
» de votre

Nanine de Manchester.

Mon

MON FRÈRE,

« Je me flatte que vous lirez avec
» plaisir, les assurances de la tendre
» amitié que je vous conserve, et que
» mon cher frère ne dédaignera pas
» d'entretenir une correspondance avec
» sa petite sœur. Quoique jeune en-
» core, elle vous assure qu'elle sera
» pour vous une amie sincère, dont le
» cœur sera toujours ouvert aux épan-
» chemens du vôtre. Si mon frère con-
» sent à ma demande, il me fera le
» plus grand plaisir ; je pourrai alors
» joindre au titre de sœur celui d'amie.
» J'attendrai votre réponse avec im-
» patience, vous n'en pouvez douter,
» connaissant le cœur de votre...... »

« *P. S.* N'oubliez pas, je vous prie,
» de m'envoyer le portrait : il doit être
» monté. »

Milady les ayant approuvées, elles
partirent avec les siennes.

Tom. I.   D

Nanine espérait toujours que le ministre serait logé au château : elle fut bientôt désabusée. Milord répondit, par une lettre fort sèche, à celle que lui avait écrite Milady, et refusa net le logement demandé. Il n'y avait pas un mot pour sa fille. Elle en pleura, en s'écriant : « Non, jamais, jamais ils ne m'aimeront ! Maman, si je te perdais, quel serait mon sort ! » C'était la première fois que cette idée la frappait, et ses larmes coulèrent avec plus d'abondance. Sa mère en fut émue, et ne pût lui dissimuler qu'elle éprouvait souvent les mêmes craintes. Mais, ma fille, continua-t-elle, mettons notre espoir en l'Être suprême ; il éprouve, mais n'abandonne jamais l'âme innocente qui met sa confiance en lui. »

Pour se distraire l'une et l'autre des idées tristes dont leurs cœurs venaient d'être remplis, elles furent engager le

ministre à venir le lendemain dîner avec
elles. Elles arrivèrent de bonne heure
chez le vieillard, qui les reçut avec
plaisir et reconnaissance ; il leur fit par-
courir son petit domaine, qui consis-
tait en un logement simple, mais commode : un jardin et un verger assez
étendu, une petite rente jointe à
cela, était tout ce qu'il avait pour vivre.
Comme Nanine lui en témoignait sa
surprise, il lui dit en riant : « Miss,
tant que j'ai été assez fort pour culti-
ver ce verger et ce jardin de mes mains,
j'avais un superflu dont j'ai eu le bonheur de disposer en faveur des infortunés ; à présent, si je gémis sur ma
faiblesse, c'est par l'impuissance où
elle me met de faire tout le bien que je
desirerais : mais, ajouta-t-il, ce que
je ne pourrai plus faire par moi-même,
je le recommanderai aux autres ; et je
prendrai la liberté, Miss, de vous en-

voyer ceux qui s'adresseront à moi. »
Elle le remercia de l'opinion qu'il avait
d'elle, et lui promit de le seconder de
tout son pouvoir. Le vieillard les engagea à rentrer dans la salle ; elles y trou-
vèrent Anna occupée à leur dresser une
collation ; elle en avait reçu l'ordre de
son ami ; il les pressa de goûter de ses
fruits. Comme Milady les trouvait déli-
cieux, il pria sa chère fille d'en arran-
ger un panier et de le faire mettre dans
la voiture. Pendant qu'elle exécute sa
commission, il la recommande à Milady et à sa fille. « Si vous saviez, leur
dit-il, Mesdames, quel soin elle avait de
moi ! Elle se faisait un plaisir de partager mes travaux, d'adoucir mes peines ;
c'est un trésor que je n'aurai point
rendu à tout autre qu'à vous ; mais son
bonheur l'exigeait ; il faut m'en consoler. » En disant ces mots, il essuye les
larmes qui, malgré lui, mouillent sa

paupière. Anna rentre dans ce moment,
s'apperçoit de l'attendrissement du ministre , et court dans ses bras , en
disant : « Mon père , vous avez des
peines ? . . . . Vos larmes. . . . — Elles
sont douces , ma fille ; c'est la reconnaissance qui les a fait couler. » Il la
pressa contre sa poitrine , en disant ces
mots : Milady lui dit qu'elle l'enverrait
chercher le lendemain ; il accepta , et
on se sépara.

Milord Manchester n'avait encore
pu présenter son fils au Roi. Ce jeune
homme profitait si peu des leçons qu'il
lui donnait , qu'il désespérait d'en faire
jamais un courtisan adroit. Charles
avait de l'ambition , mais elle lui devenait inutile. Un ambitieux , pour parvenir , doit être actif, souple , bon flatteur même , quand les circonstances
l'exigent ; il doit plier son humeur aux
caprices de ceux de qui il attend quel-

que faveur. Sir Charles avait été flatté
de l'espoir de devenir un jour le favori
du Prince de Gallos. Il ne croyait pas
que pour y parvenir, il fallût prendre
tant de soins et de détours. Il était persuadé qu'il suffisait d'être présenté au
Prince par son père, pour être accueilli
favorablement, obtenir sa confiance,
et se voir admis à tous ses plaisirs. Son
père dans les entretiens qu'ils avaient
sur ce sujet, lui recommandait de mettre tous ses soins à être remarqué du
Prince, sans que ceux qui l'entouraient pussent lui en soupçonner le
dessein : « Car, ajoutait-il, si les courtisans s'apperçoivent de votre but avant
que vous l'ayez atteint, ils mettront
tout en œuvre pour vous en éloigner.
Si je suis au point de faveur où vous
me voyez, sachez, mon fils, qu'il m'en
a coûté plus d'une démarche humi-
liante ; que les mêmes hommes, que

vous voyez à présent me traiter avec respect, me faire la cour, m'ont vu autrefois la leur faire : ils m'ont, sans le vouloir, servi d'échelons, pour parvenir au faîte de la grandeur ; car, après le Roi, c'est son favori. Si mon orgueil a eu beaucoup à souffrir, j'en suis bien dédommagé ; je peux humilier à mon tour ceux qui ont voulu me nuire. J'ai fait bien des sacrifices pour parvenir où je suis ; je ne les regrette pas ; je les ferais encore, s'il le fallait. Que mon exemple vous encourage : j'ai parlé de vous au Roi ; il desire vous voir ; songez à remplir mes espérances.

Charles se répétait souvent : « Il faut ployer et se soumettre aux volontés de mon père, j'en sens la nécessité. » Cependant son indolence, ou son orgueil excessif, s'opposaient toujours aux résolutions qu'il prenait d'obéir aveuglément.

Il fut enfin présenté au Roi, qui le reçut avec bonté : mais l'accueil du Prince de Galles fut très-froid. Pendant quelques mois, il lui fit une cour assidue, sans pouvoir en obtenir la plus légère distinction, et il s'en rebuta : cependant Manchester, espérant tout de la persévérance, prit soin d'obtenir du Roi, tout ce qui pouvait flatter le Prince : tout fut sans succès ; celui-ci était trop prévenu contre le père, pour voir le fils d'un œil favorable. Charles, outré de toutes les peines qu'il s'était données, ne voulut plus retourner à la cour : Milord partagea son ressentiment, et voulut s'en venger. Il éprouva bientôt qu'un favori peut être disgracié, et que, plus son crédit a été grand, plus la chûte est terrible. Cet homme qui, pendant dix ans, avait supporté des humiliations personnelles, vaincu son caractère violent et orgueilleux, ne pût

se

se modérer, quand il vit son fils mé-
prisé par le Prince. Il en porta ses
plaintes au Monarque, et le fit avec
si peu de ménagement, que le Prince
en fut instruit. Dès ce moment, il
s'établit une lutte entr'eux, dont Manchester fut bientôt la victime. A l'instant où il s'y attendait le moins, il reçut
l'ordre de ne plus paraître à la cour.
Il en fut attéré, et forma le projet
d'écrire au Roi, pour en obtenir un
moment d'audience : mais la crainte
que ses ennemis n'en fussent instruits,
ou qu'il n'éprouvât un refus, l'empêcha
d'écrire : enfin, la vanité l'emporta,
et lui fit croire que le Roi ne pourrait
se passer de lui ; il ne fit aucune démarche, se flattant que son triomphe
en serait plus grand et plus certain.

Madame de Manchester ignorait la
disgrace de son époux, elle ne recevait
aucune lettre de lui ni de son fils ; elle

Tom. I.   E

avait pris le parti de n'écrire au premier que rarement , pensant bien lui
faire plaisir. Il y avait près d'une année
qu'elle habitait sa terre, et sa santé ,
loin de se rétablir , ne faisait que dé-
cliner. Nanine en éprouvait les plus
vives alarmes, et la pressait de retourner à Londres , ou de faire venir un
médecin. Milady , qui connaissait le
caractère de son époux, préféra la der-
niere proposition, et écrivit elle-même
au docteur Hekman , en qui elle
avait confiance : il s'empressa de se
rendre auprès d'elle , et ne lui cacha
pas qu'elle était dans un état alarmant.

« Je sais , Monsieur Hekman , lui
dit-elle , que le terme approche, que
tout votre art ne peut me guérir ; mais
je suis mère !... Si vous croyez que
vos soins puissent le retarder , je desire
que vous les employiez. Parlez-moi franchement, je vous prie. » Il lui demanda

quelques jours , afin de pouvoir porter
un jugement certain. « Je vous les ac-
corde , lui dit-elle ; mais , de grace , ne
me trompez pas , et rassurez ma fille ;
c'est tout ce que j'exige. »

Après huit jours d'examen sur la maladie, le docteur demanda un entretien
secret. Elle envoya sa fille et Anna chez
le Ministre de Manchester , passer la
journée. « Madame , dit le docteur ,
» vous m'avez ordonné de parler avec
» franchise ; je vais vous obéir. D'après
» les plus scrupuleuses recherches sur
» la cause de votre maladie , et ses
» effets , j'ai reconnu qu'elle provenait
» d'une cause morale. Votre ame a
» éprouvé de si fortes agitations, que
» le physique, trop faible, n'a pu les
» supporter , sans un dépérissement
» total. Vous seule pouvez connaître le
» remède : je ne peux soulager que le
» corps ; et pour y parvenir , il faut

» d'abord guérir l'ame : voyez , Ma-
» dame , si vous en connaissez les
» moyens ; alors je crois pouvoir vous
» répondre de votre guérison. »

— « Eh bien , je vous seconderai de
tout mon pouvoir : si je ne peux y réussir , je n'aurai du moins aucun reproche
à me faire. » Dès ce moment , elle prit
sa résolution , oublia le passé , s'occupa
peu du présent , et se fit sur l'avenir des
chimères agréables. Elle prit , avec do-
cilité , les remèdes du docteur. Ils com-
mençaient à faire un effet surprenant
sur la malade , et ils lui eussent sans
doute procuré un prompt rétablisse-
ment , sans l'arrivée inattendue de
Milord et de Sir Charles.

Manchester avait attendu , avec assez
de patience , pendant huit jours , le ré-
sultat des suites de sa disgrace : à tout
moment il espérait que le Roi le ferait
demander. Son attente ayant été trom-

pée, il en murmura : le Roi le sut ;
et lui en fit témoigner son mécontentement, dans des termes qui lui prouvèrent que sa disgrace était sans retour.
Il prit, dans son dépit, le parti de
quitter Londres pour quelque temps,
et de visiter ses terres. Il commença sa
tournée par Manchester : le bruit des
voitures, des domestiques qui étaient
à sa suite, fit tressaillir Milady. « Qui
peut venir nous visiter avec tant de
fracas ? serait-ce mon époux ?.... »
Nanine entre, en s'écriant : « Maman,
devines-tu la raison qui nous amène
Milord et mon frère ?... — Quoi, ce
sont eux qui occasionnent tout ce bruit ?
mes pressentimens ne m'ont donc pas
trompée !.... Ma fille, ajouta-t-elle,
si vous n'avez pas encore présenté vos
respects à votre père, ne différez pas
davantage. » Nanine obéit avec un embarras marqué. Anna se dispose à la

E 3

suivre, Milady la retient. « Maman , lui demanda Nanine , en revenant sur ses pas , laisse-la m'accompagner : je ne peux, sans crainte, me présenter aux yeux de mon père ; sa présence soutiendra mon courage. » Milady refuse, et desire même qu'Anna évite de paraître devant Manchester et son fils. Elles n'eurent pas le temps, ni l'une ni l'autre , de demander les motifs de cet ordre , la voix de Milord se fait entendre ; Anna se sauve dans le cabinet de sa bienfaitrice ; Milady et sa fille, également émues, n'eurent pas le temps de se remettre ; la porte s'ouvre avec une violence qui les fait tressaillir, et leur présage une scène.

Milord, sur le seuil de la porte qu'il tient entre - ouverte , et les yeux enflammés de colère, s'écria : — « Eh bien, Madame, je suis donc reçu ici comme un étranger ? vos domestiques ont fui ;

envain mes yeux vous cherchaient, il
a fallu venir jusqu'à votre appartement;
vous n'avez pas daigné faire un pas. »

Nanine, debout et tremblante, n'a
plus la force d'ouvrir la bouche, ni
d'avancer vers son père. Milady fait
signe au docteur de se retirer. Comme il
faut qu'il passe par la porte sur laquelle
Milord tient toujours une main, il se
trouve obligé, après l'avoir salué, de
le prier de le laisser passer. Manchester
le regarde, et d'un air furieux, il lui
demande, avec sa pétulance ordinaire :
« Qui êtes-vous ? que faites-vous ici ?
Monsieur, répondez... répondez sur-
le champ, lui cria-t-il avec force. »

— « Eh, Milord, répond de sang-froid
le docteur, ne me remettez-vous pas ?
» Eh bien ! quand je vous remettrais,
je ne vous en demanderais pas moins
ce que vous faites ici ? »

— Je suis ici pour rendre la santé à

Madame, ou au moins pour le tenter.
— Et qui vous a donné l'ordre de venir ?
Moi, Milord, répond son épouse, ou-
trée du ton impérieux avec lequel il
traite le pauvre Hekman.

Milord, alors retire son bras, et
avance quelques pas dans l'appartement ; le docteur sort. « Vous êtes
donc malade, Madame ? — Oui, Milord..... — Et pourquoi avez-vous fait
venir cet homme, sans m'en prévenir ?
— Je voulais vous épargner de l'inquiétude. — Dites plutôt que vous craigniez
que je ne fisse un autre choix. Je sais,
Madame, que ce n'est pas la science
qui vous a déterminée en sa faveur ; il
y a long-temps que vous êtes dans l'ha-
bitude de me tromper, ou, pour mieux
dire, vous le croyez : mais je vous préviens que vous ne m'en imposez plus.
Si vous avez préféré celui-ci, c'est
parce qu'il est jeune, fat et mielleux ;

oui , voilà... voilà la véritable raison
de votre choix ».

— Sortez, Nanine , lui dit sa mère,
d'une voix altérée , et les yeux remplis
de larmes. Milord l'arrête. « Non ,
Miss , restez, c'est moi qui suis de trop
ici.... » Il jeta un regard à son épouse ,
où la fureur et la jalousie se peignaient ,
et il sortit , laissant ces deux femmes
dans l'accablement.

Anna, qui avait tout entendu du cabinet où elle s'était retirée , vient se
jeter aux pieds de Milady : « Ah , Madame, sans doute je suis aussi de trop ,
lui dit-elle ; je mourrais , plutôt que
d'etre l'occasion de quelque chagrin
pour vous ! Permettez-moi de retourner
chez mon ami , jusqu'à ce que vous
jugiez que je puisse revenir, sans qu'il
en résulte d'inconvénient. — Hélas ,
mon enfant , lui dit Milady , fais tout
ce que tu voudras : je ne peux te ren-

voyer ! je laisse tout à ta prudence.....
Embrasse-moi, et crois.... « Elle ne
peut achever.... son cœur est trop
plein.... Anna se retire dans sa chambre, en attendant le moment où elle
pourra s'esquiver du château, sans
être apperçue.

Milady, pour ne plus causer d'om-
brage à son mari, et lui prouver combien il était injuste envers elle, envoya
sa fille prier son médecin de retourner
à Londres, et lui fit dire aussi que, si
par la suite, elle avait besoin de lui,
Milord le ferait avertir.

M. Hekman s'étant bien apperçu
que Milord l'avait vu avec peine, n'hésita pas à partir : il ne voulut pourtant
pas le faire, sans prévenir Lady Nanine
des dangers qui en pouvaient résulter
pour la santé de sa mère ; elle voulut
alors le retenir. « Non, Miss, lui dit-
il, je ne resterai pas, lorsque je sais

que je déplais au maître de la maison. »
Je vous avoue aussi que les remèdes
seraient sans effet , si Milady avait
souvent de pareilles bourasques à essuyer de la part de votre père. Tout ce
que je peux promettre, c'est de revenir
dès qu'il sera parti , à moins qu'il ne
soit exilé ici. — Que dites-vous ! Mon
père serait-il exilé ?.... — Je m'étais
imposé silence sur sa disgrace , reprit
le médecin , voyant qu'elle était ignorée
ici ; mais comme cet évenement ne peut
plus demeurer secret , je vous engage
à en prévenir Milady. » Il fit part alors
à Nanine des détails qu'il en avait eus ,
et que l'arrivée imprévue de Milord
ne confirmaient que trop.

Il s'était passé plusieurs jours depuis
l'arrivée de Manchester, sans que ni lui,
ni son fils fussent entrés chez Milady.
Cette femme infortunée concentrait ses
peines dans son cœur , aucune plainte

ne lui échappait. Nanine n'osait plus
réclamer sa confiance, depuis le jour
où elle lui avait expressément défendu
de l'interroger sur ses secrets.....
» Maman, se disait-elle, ne me juge
pas encore en état de posséder sa confiance, je dois attendre et me taire ! »
Elle crut pourtant devoir lui faire part
de ce que le docteur lui avait dit au
moment de son départ.

Malgré toute sa fermeté, Madame
de Manchester fut trop sensible à
l'abandon où elle était laissée par des
objets auxquels elle devait être chère :
sa santé en fut si altérée, qu'elle pouvait à peine rester levée quelques
heures. Sa fille se désolait ; elle n'avait
plus Anna pour partager ses peines,
et lui donner des consolations. Elle
quittait peu sa mère ; il est vrai que
la crainte de rencontrer Milord ou Sir
Charles, entrait pour quelque chose

dans son assiduité. Le hasard lui avait
pourtant fait rencontrer deux fois ce
dernier, et à chaque fois elle l'avait
salué, s'était informée des nouvelles
de Milord. Charles l'avait regardée avec
dédain, et ne lui avait rien répondu.
Elle en avait conçu un tel chagrin, que
la vivacité de son teint en était ternie.
Sa pâleur extrême inquiéta Milady :
elle crut que sa fille avait besoin de se
distraire, et elle la pressa de sortir, de
profiter du temps où on était à la chasse.
Nanine se rendit ; elle avait besoin
d'épancher son cœur dans le sein de
l'amitié. Ayant un matin pris sa femme-
de-chambre avec elle, elles se rendirent
à la ville, à pied, afin qu'on ignorât
où elles allaient.

Le temps s'écoule si vite, quand on
est avec des personnes qu'on aime,
qu'il était déjà tard, lorsque le ministre
vint les interrompre pour représenter

aux deux amies qu'il fallait se séparer. Nanine le remercie, veut embrasser son amie : celle-ci prétend la reconduire la moitié du chemin. « Non, tu retarderais ma marche; je n'ai plus de temps à perdre, si je veux arriver avant Milord; promets-moi seulement que la semaine prochaine, tu viendra me trouver à la petite porte du parc : je m'y rendrai, et nous pourrons là causer à notre aise. » Anna y consent; elles se donnent parole de se retrouver à pareil jour, et elles se séparent.

A peine Nanine avait-elle eu le temps d'exprimer à sa mère, les regrets qu'éprouvaient le ministre et Anna, de ne pouvoir plus se présenter au château, que la meute se fit entendre. Un instant après, Milord parut : sa visite surprit agréablement Milady, qui lui en témoigna sa reconnaissance. Il parut flatté d'être si bien reçu; il s'assit

auprès d'elle, lui témoigna quelqu'intérêt sur la grande faiblesse où il la
voyait.... « Vous êtes trop sédentaire,
Madame, lui dit-il, voilà ce qui augmente vos maux, il faut vous promener; si vous n'en avez pas la force, je
vous offre mon bras. » Elle le regarda
avec surprise.... « Oui, Madame, continua-t-il, je veux que vous vous pro-
meniez; et, pour vous en faciliter les
moyens, je vais vous faire part du projet
que j'ai formé d'acheter la terre d'Arthon, pour aggrandir celle-ci. Qu'en
pensez-vous ?.. — Vous savez, Milord,
que vos volontés ont toujours été les
miennes : je vous avoue pourtant que
je suis charmée de votre idée. Cette
acquisition me fera d'autant plus de
plaisir, que les deux jardins se touchent ;
qu'il suffira d'abatre le mur qui les sé-
pare pour n'en faire qu'un. Les vôtres
sont peu agréables : ceux d'Arthon sont

spacieux et charmans. — Hé bien,
Madame, j'ai été hier m'y promener,
et j'ai pensé à vous, au plaisir que je
pourrais vous faire, en vous en rendant
la maîtresse. Je suis venu pour m'assurer que vous approuveriez mes desseins, et le don que je veux vous faire
de cette terre. Manchester appartient
à mon fils ; sa naissance vous a enlevé
tous les dons que je vous avais faits en
vous épousant. Après moi, vous vous
retirerez dans cette charmante retraite.
— Ah ! Milord, je reçois avec reconnaissance cette preuve de tendresse ;
je vous suis donc encore chère ?.....
— En doutez-vous, Madame ? Dans
une ame aussi ardente qu'est la mienne,
cette passion si vive que vous m'aviez
inspirée, a pu quelquefois s'affaiblir ;
mais elle n'a pu se détruire. Je suis enchanté de pouvoir vous le prouver ; et je
vais, dès aujourd'hui, écrire à Milady
Arthon ;

Arthon ; je suis persuadé qu'elle ne refusera pas de vendre une terre où depuis long-temps elle ne peut plus venir. J'aime mieux traiter avec elle qu'avec ses héritiers. « — Et qui sont ces héritiers ?... — Ce sont, répond Milord, en se levant brusquement, des gens avec qui, de ma vie, je ne veux avoir aucune liaison.... Je vais écrire. »

Quand Nanine se fut assurée que son père était éloigné, elle laissa éclater son contentement. « Voilà donc mes vœux remplis ! Nous allons donc être les maîtresses de ces beaux jardins qui, depuis que nous sommes ici, ont fait les délices de notre solitude.... Ces belles fleurs que j'enviais seront à moi.

— Ma chère enfant, tu t'enyvres d'avance d'un plaisir incertain, lui dit Milady ; crois-tu que nous soyons libres de nos actions, si Milord se fixe ici ?... — Il n'y restera pas, maman... — Et

Tom. I.   F

comment le sais-tu?—J'ai entendu mon
frère dire au valet-de-chambre de Milord, qu'il languissait ici, qu'une contrainte si longue le ferait mourir. Il a
ajouté autre chose que je n'ai pu entendre, parce qu'il a baissé la voix.
J'ai jugé que c'était quelque plainte
contre nous ou contre mon père ; car
Patrige lui a dit : Il ne faut pas souffrir
cela ; montrez plus de vigueur, ou je
ne vous donnerai plus de conseils. Il a
ajouté : Mais le plus sûr est de com-
mencer par l'éloigner d'ici ; il faut dresser nos batteries, de manière à partir
le plutôt possible. Au surplus, si nous
languissons, notre absence désespère
plus d'une belle. De grands éclats de
rire ont terminé la conversation, et ils
sont rentrés, sans se douter que je
fusse si près d'eux. Combien je déteste
ce Patrige ! Je suis sûre à présent qu'il
donne de mauvais conseils à mon frère.

— Hélas ! oui, et votre père est à son tour gouverné par eux.... Ah, Manchester, Manchester ! homme aveuglé par la vanité ! qui fuis des cœurs qui te sont dévoués, et qui ne voudraient que ton bonheur, pour te livrer à des ames viles qui te perdront....! » Avait-elle donc percé dans l'avenir !

Milord avait continué de venir chez son épouse, et de la traiter du ton le plus amical. En trouvant Hekman au château, il avait craint que sa disgrace n'y fût connue ; mais son prompt départ, le silence de Milady à ce sujet, en lui rendant la tranquillité, lui avaient aussi rendu sa belle humeur. Chaque jour, il venait donner le bras à sa femme, et la menait prendre l'air. Il lui proposa de faire venir un médecin dont la réputation était fort répandue : elle y consentit. Un parfait accord régnait entr'eux ; il semblait se plaire

avec elle, et ne parlait pas de départ :
Nanine même était traitée avec moins
de rigueur. Tout-d'un-coup la scène
changea, et ce fut elle qui en fut la
cause, ou plutôt Charles et Patrige
saisirent cette occasion pour faire réussir leurs desseins. On se rappelle que
Nanine et son amie, s'étaient donné
rendez-vous à la petite porte du parc,
du côté de la ville : chaque semaine,
elles s'y rendaient, causaient une heure,
et se séparaient, en se promettant de
se revoir la semaine suivante. Il s'en
était passé quelques-unes, depuis
qu'elles se voyaient de cette maniere ;
Milady, qui en était instruite, ne crut
pas devoir priver sa fille d'un plaisir si
innocent. Un jour, qu'elle s'y était
rendue à l'heure indiquée, n'entendant
point frapper à la porte, elle ouvre et
regarde dans le chemin ; n'appercevant
point Anna, elle rentre, referme la

porte, tire un livre de sa poche, et s'assied sur l'herbe : sa lecture ne l'occupe pas assez, pour que le temps coule sans s'en appercevoir. A peine s'est-il passé dix minutes, que son impatience redouble, et lui fait croire qu'Anna est en retard ; elle se lève, court à la porte, l'ouvre précipitamment, regarde, et ne voit rien. Elle referme la porte, en s'écriant : « Qu'il est cruel de me faire attendre ainsi ! — Il faut avouer (dit une voix qui se fait entendre derrière elle) que le trait est piquant : être ainsi la première au rendez-vous ! Charles s'offre aux regards étonnés de sa sœur, qui reste interdite. — Je suis, sans doute importun, ma belle Miss ? ajoute-t-il avec ironie : mais vous ayant vue sortir avec mystère, j'ai voulu m'assurer par moi-même, que ma vertueuse et prudente sœur n'est rien moins que ce qu'elle affecte de paraître. — Quoi,

Monsieur, vous pouvez croire ? . . . . .
— Ne cherchez pas, dit Charles, à
m'en imposer, j'en ai vu et entendu
assez, pour n'avoir plus de doute.
—Voudriez-vous, mon frère, me faire
un crime d'etre venue ici, pour y voir
une amie à qui l'entrée du château est
interdite ? — Ah, Miss, dites plutôt
un ami, et cela sera plus vrai : je vous
répète que vous ne pouvez me tromper
là-dessus. — Il est affreux pour moi,
d'avoir à me justifier aux yeux d'un
homme qui me traite en ennemie plutôt
qu'en sœur ! Heureusement vous connaîtrez bientôt la fausseté de vos in-
culpations ; Anna, que j'attendais, me
justifiera. — Rien ne peut vous justifier, lui dit son frère, en lui prenant
le bras, et l'entraînant. — Où me
conduisez-vous ? . . . . arrêtez, mon
frère, de grace, arrêtez. J'entends la
voix d'Anna qui m'appelle . . . . . » Il

l'entendait bien aussi , et il n'en eut
que plus d'empressement à l'emmener.
Nanine se défendit, elle appela à grands
cris son amie ; mais Patrige, qui parut,
aida son maître à la soutenir : ils furent
même bientôt obligés de la porter dans
leurs bras ; car la malheureuse Nanine,
prévoyant les suites d'une pareille violence, ne pût en supporter l'idée , et
s'évanouit. Ce fut dans cet état qu'ils
la présentèrent à Milord. Comme elle
fut long-temps dans un accablement
total, ils eurent le loisir de conter tout
ce qu'ils voulurent , et de monter la
colère du père au plus haut degré.

Sa fille ne pouvant entendre les reproches qu'il croyait qu'elle méritait ,
il fut les faire à son épouse. Ce fut
inutilement qu'elle voulut justifier sa
chère Nanine ; plus elle assurait qu'il
était facile de prouver la méchanceté
de Sir Charles et de Patrige , plus

Milord s'emportait et soutenait qu'elle
avait un amant ; qu'il en savait trop
pour lui pardonner jamais. — «Ah ! Milord, lui dit son épouse, tout ce que
vous savez n'est qu'une affreuse calomnie ; envoyez chercher Anna ; inter-
rogez-la vous-même. — Vous voulez,
Madame, lui répondit-il, avec ironie,
que je m'en rapporte à votre élève ?...
D'après vos principes, je sais ce que
j'en dois attendre : de la dissimulation,
l'art de tromper sous le masque de la
candeur ; telle est votre fille, telle est
Anna.... — Ajoutez, et telle vous êtes,
car je vois que vous le pensez..... Vous
ne vous lasserez jamais de m'accabler !
Ne pouvez-vous m'oublier, me laisser
mourir ici, sans venir troubler mes derniers momens ? — « Madame, cela est
facile !.... Oui, je vais vous laisser libre,
vous quitter ; et pour toujours......
Songez que c'est pour toujours que je
vais

vais me séparer d'une épouse et d'une
fille..... qui m'ont déshonoré. » — Milord..... Milord , écoutez-moi, pardonnez..... Il ne m'entend plus.....
Et ma fille..... ma fille..... Ah! sui-
vons-le , il m'entendra , je le ramène-
rai..... » Sa faiblesse ne lui permet pas
de l'atteindre..... Il rentre dans son
cabinet, referme la porte sur lui, et ne
répond rien aux vives instances qu'elle
lui fait de l'écouter un moment.

Elle demande sa fille ; on lui dit qu'on
l'a portée chez elle ; elle s'y rend. Nanine , en l'appercevant, lui tend les
bras : «Maman , les cruels veulent ma
perte..... que leur ai-je fait? — Arme-
toi de courage, ma chère amie ; ton
innocence triomphera de la calomnie
qu'ils ont inventée : si on s'obstine à les
croire, le cœur de ta mère te reste ,
qu'il suffise à ton bonheur. — Ah! maman, ce sont-là des épreuves bien dures

Tom. I.   G

à supporter. — Le mérite est dans la patience. Que tes larmes cessent, ma chère Nanine ; elles augmentent mes maux, et font le plaisir de ton barbare frère, le cruel !.... Je veux le voir, lui parler ; je le ferai rentrer dans les sentimens de la nature, dont on l'écarte tous les jours. Si son cœur ne peut s'attendrir, je cesse de m'occuper de lui ; il ne sera plus rien pour moi. »

Peut-être que si Milady eût parlé à son fils, elle eût pu toucher son cœur ; mais il refusa de paraître, et le lendemain il partit avec son père, qui ne revit point sa femme, lui laissant ignorer où ils allaient. Malgré la peine qu'elle éprouvait de le voir emporter une opinion si défavorable à sa fille ; elle espéra que, son premier ressentiment une fois appaisé, elle pourrait lui écrire, et se soumettre à toutes les recherches que l'on voudrait faire pour s'éclaircir de la vérité.

Anna fut rappelée, et on reprit avec joie le genre de vie que le voyage de Milord avait interrompu. Le matin, les deux Miss dessinaient, faisaient de la musique : Anna était une écolière docile, et ses progrès étaient prompts. Après le dîné, qu'on servait ordinairement dans l'appartement de Milady, on passait dans son cabinet, où les deux Miss faisaient alternativement une lecture ; ensuite Milady leur permettait une promenade, dont rarement elle-même pouvait jouir. Les deux amies avaient pour limites les beaux jardins d'Arthon. Un vieux jardinier et son fils en étaient les seuls gardiens. Dès que Lady arrivait, le jeune Thomi quittait son ouvrage, venait lui présenter son respect, et lui demander des nouvelles de Milady. Pendant qu'elles se promenaient, il leur cueillait des fleurs et des fruits, les portait dans une

grotte de coquillages, et en attendant
leur retour, il faisait les deux bouquets,
dont le plus beau était toujours offert,
en rougissant, à la jeune Lady, qui
le recevait avec reconnaissance. Elle
ne sortait jamais du jardin sans avoir vu
le vieux père, ou sans s'informer de lui
avec un intérêt qui enchantait Thomi.
Le voyage de Milord lui avait donné bien
du chagrin ; il ne voyait plus Lady Nanine ; chaque matin pourtant ramenait
son espérance. Un jour il entend frapper ; croyant ses vœux exaucés, il court
ouvrir et reste interdit en voyant Milord et son fils. Ils lui demandèrent à
voir la maison ; il les conduisit en silence :
vingt fois il lui prit envie de demander
des nouvelles de Nanine ; mais dès
qu'il levait les yeux sur Milord et sur
son fils, il ne se sentait plus la force
de parler ; il garda donc son inquiétude.
Après avoir tout examiné, ils sortirent

sans lui faire le moindre remercîment.
« Quelle différence d'eux à ces dames !
disait Thomi , en retournant à son ouvrage. »

Quelques jours après , ne pouvant
résister au desir de voir la jeune Lady,
il se hasarda à lui porter une corbeille
de fruits et un bouquet ; il fut rencontré par Patrige , qui s'informa du sujet
qui l'amenait ; il le lui dit : l'autre lui
prit sa corbeille, la vuida, et le poussa
dehors , en lui disant qu'il ferait sa commission. Thomi se promit bien de n'y
plus retourner tant que Milord serait
au château. Son cœur se r'ouvrit à la
joie et à l'espérance , lorsqu'il apprit
qu'il était parti. Il tressaillit, en entendant frapper à la petite porte par où
venaient ordinairement les deux Miss.
La joie qu'il éprouvait en allant ouvrir
fut bien diminuée par le changement
qu'il remarqua sur le visage de Lady.

Elle le regarda d'un air triste et froid,
qui le fit pâlir de surprise ; Anna, qui
s'en apperçut, lui demanda avec empressement s'il était malade? Il ne put
répondre, et s'éloigna avec vîtesse.
Etonnées de cette fuite, elles se regar-
dèrent comme pour s'interroger mutuellement, et convinrent de le chercher pour le faire expliquer. Elles le
découvrirent enfin après bien des recherches ; il était appuyé contre un
arbre ; les bras croisés sur sa poitrine
et la tête penchée vers la terre. Malgré
le soin qu'elles prirent d'approcher de
lui sans faire de bruit, il les entendit
et se couvrit le visage de ses mains.
«Qu'avez-vous, Thomi? lui dit Nanine ;
pourquoi nous fuyez-vous?.... Avez-
vous l'ordre de ne plus nous recevoir
ici? Ne nous déguisez rien ; si nous im-
portunons, nous n'y reviendrons plus..»
Thomi ne sut que répondre ; son si-

lence fit croire à Nanine qu'elle avait
deviné juste. « Rassurez-vous, Thomi,
lui dit-elle ; ne craignez plus de me faire
de la peine en me confirmant mes
doutes : je sais me soumettre. » La
crainte qu'elle ne revînt plus alarma
le jeune jardinier ; il lui avoua alors
que ne lui ayant pas trouvé son air ordinaire de bonté, il croyait lui avoir
déplu, et qu'il avait cherché à lui dérober des larmes qu'il n'avait pu retenir.
« Je vous remercie de votre attachement, lui dit Nanine ; mais Thomi ; je
n'ai aucune raison de vous en vouloir ;
vous me trouverez toujours reconnais-
sante des peines que vous vous donnez
pour moi. . . . Malgré vos soins, ajouta-
t-elle en souriant, les fleurs que vous
avez plantées dans nos jardins, n'approchent pas de la beauté de celles que je
vois ici ; je vous en sais le même gré,
car cela ne dépend pas de vous. . . . .

— De moi ! Miss , ah ! s'il était en mon pouvoir , il n'en croîtrait de belles que chez vous. » Anna sourit ; et prenant le bras de son amie , elles continuèrent leur promenade. Au moment où elles allaient sortir pour retourner chez elles , Thomi vint leur présenter ses respects et leur demander , avec un air embarrassé , si elles seraient encore longtemps sans revenir ? « Nous viendrons tous les jours , lui répondit Nanine. — Je ne serai donc plus si malheureux ! dit Thomi d'une voix basse. » Ces mots sans doute lui échappèrent.

Un mois s'était écoulé sans que Milady eût aucune nouvelle de son époux ; elle ignorait s'il était à Londres ou dans les environs. Comme elle avait conservé l'espoir de l'amener à une réconciliation , et que l'intérêt de Nanine exigeait qu'elle fît les premières avances ; elle prit le parti de lui écrire , et d'adresser ses lettres à Londres, ce qu'elle fit chaque semaine, sans se rebuter du silence de son mari. S'il n'eût été question que d'elle, peut-être eût-elle renoncé à son entreprise : mais le bonheur de sa fille pouvait dépendre de sa persévérance. Milord pouvait aussi n'avoir pas reçu ses lettres. Cependant les dernières lui ayant été renvoyées sans avoir été décachetées, elle vit alors qu'il ne lui restait plus d'espoir. «Que deviendra ma chère enfant? s'écria cette mère infortunée. Quel sera son sort, quand je ne serai plus ! »

Ses jours s'écoulaient ainsi dans la tristesse. Il ne lui était plus possible de cacher à sa fille et à Anna tout ce qu'elle souffrait. Elle ne retenait plus ses larmes devant elles. «Vous êtes tout pour moi, leur dit-elle un jour. Il ne me reste plus de père, plus d'amis. J'ai survécu à des objets si chers : vous seules m'atta-

chez encore à la vie ; votre amitié réci-
proque fait ma consolation ; promettez-
moi qu'elle ne s'altèrera jamais ; que
vous ne vous séparerez pas ; que la
première de vous qui se mariera donnera un asyle à l'autre..... Anna,
ma chère Anna , ma fille sera malheureuse ; tout me le fait craindre , ne
l'abandonne jamais. » Anna se jette
aux pieds de sa bienfaitrice. Madame,
vous avez formé mon cœur , pourra-t-
il jamais être ingrat! Recevez le serment que je fais de partager toute ma
vie le sort de votre fille ; heureuse ou
malheureuse , Anna sera toujours sa
fidèle compagne. » Milady la presse
dans ses bras. « Ta promesse calme mes
alarmes , et te rend encore plus chère
à mon cœur. Allez , mes enfans , ajouta-
t-elle en les renvoyant de son cabinet ,
j'ai besoin d'être seule. »

Les deux amies , dès qu'elles se

virent libres , coururent aux jardins
d'Arthon. Elles furent obligées de frapper plusieurs fois à la petite porte pour
se faire entendre. « Quelqu'un vient, dit
Anna ; mais ce n'est pas là le pas de
Thomi ? » Elle ne se trompait pas ;
c'était le vieux père. Il s'excusa sur son
âge, de les avoir fait attendre. « Où est
donc votre fils ? — Miss, il aide les domestiques de notre maître à décharger
la voiture. — Vous avez un nouveau
maître ?.... — Oui, Miss, Milady est
morte , et ses biens ont été partagés
entre ses héritiers. » Alors les deux
amies se retirèrent, malgré les instances
du jardinier, qui les assurait que son
maître ne trouverait point à redire
qu'elles vinssent chez lui. « Mon père
doit être bien fâché de ce changement,
disait Nanine en regagnant la maison.
— Et moi , je le suis bien davantage
de nous voir réduites à ce parc si triste,

disait Anna. — Oui, tu as raison , des
arbres et toujours des arbres ! Pas un
seul point de vue agréable. Quand je
voudrai en dessiner quelqu'un , il fau-
dra sortir pour en trouver ! » A force
de se répéter que ce bois était ennuyeux ,
il le devint en effet, au point qu'elles
aimèrent mieux ne point sortir , que
d'y aller davantage.

Il y avait quelques jours qu'elles gar-
daient leur appartement, quand le ministre fit dire à Anna qu'il desirerait
la voir ; elle s'y rendit sur-le-champ.
Nanine se fit un plaisir de la surprendre
en allant au-devant d'elle ; prenant un
portefeuille sous son bras , elle se rendit à la porte du parc. « Il faut espérer ,
se disait-elle , que je n'y trouverai pas
mon frère aujourd'hui. » Cependant
elle tournait la tête au moindre bruit ,
émue encore par le souvenir de ce
qu'elle y avait éprouvé. Arrivée à la

porte, elle ne l'ouvrit qu'en tremblant,
et ne fut rassurée qu'en appercevant
Anna dans le chemin. Elle s'avança
alors vers elle et l'embrassa, en lui disant avec un soupir : « Mon Dieu, que
je suis aise de te revoir ! Si tu savais
mes sottes frayeurs ? — Que vous est-
il donc arrivé ? lui demanda son amie
avec empressement. — Rien du tout,
et elle ajouta : Il est encore de bonne-
heure ; le temps est si beau ! Ce gazon-
ci doit être frais; il faut nous y asseoir.
— Volontiers, dit Anna ; mais appro-
chons davantage de cet arbre ; ses
grandes branches nous garantiront du
soleil, et nous pourrons causer à notre
aise. . . . . — Cette chaumière que voilà
devant nous, lui dit Nanine, est d'un
charmant effet ; je vais en prendre un
croquis ; je le montrerai à ma mère, et
s'il lui plaît, je reviendrai le terminer.
Toi, pendant que je vais travailler, tu

conteras quelques nouvelles ; tu reviens
de voyage , tu dois avoir quelques rela-
tions à me faire. — Ah ! vous voulez
rire à mes dépens ! Vous mériteriez
que, pour vous punir, je ne vous fisse
point part de la rencontre que j'ai faite
ce matin..... — Eh qu'as-tu donc
rencontré de si extraordinaire ? — De-
vinez. — Je ne sais point deviner ,
moi. — Eh bien ! c'est un beau jeune
homme suivi d'un domestique. Il m'a
fait un grand salut ; comme il m'avait
paru manier avec grace un cheval que
je trouvai bien vif, je me suis retournée
pour le regarder encore. Dans ce moment , le cavalier avait aussi tourné la
tête ; me croyant arrêtée à le considé-
rer , il m'a fait un nouveau salut ; je
suis demeurée honteuse , et au lieu d'y
répondre, j'ai bien vîte repris mon chemin et doublé le pas. — Et tu n'as plus
regardé derrière toi ? reprit Nanine

avec un sourire. — Ah! de la malice?
Vous me payerez ce tour-là. » Il se fit
un moment de silence..... « Eh mais!
s'écria Anna, si c'était notre voisin?
qu'en pensez-vous?... — De quel côté
venait-il?... — De la ville, et il a
pris l'avenue d'Arthon.... — Et toi, tu
as donc encore regardé pour voir où il
allait? — Dessinez, Miss, dessinez,
je vous en prie. — Mais tu vois, ma
chère Anna, que ce ne peut être notre
voisin..... — J'en suis fâchée.....
— Pourquoi? Parce que je crains que
le voisin ne convienne pas si bien au
projet que mon imagination a formée...
— Quel est donc ce projet? lui demanda
Lady, en la regardant avec curiosité.
Son amie sourit à son tour. — Répondez donc, Anna, l'aimez-vous déjà?...
— Je ne l'aime pas pour moi, mais je
l'aimerais pour votre époux. — Quelle
folie! — Ce n'en est point une; et si c'est

lui que j'ai vu ce matin , je veux que vous l'aimiez ; je veux qu'il vous aime aussi beaucoup, et qu'il devienne votre époux bien vîte , afin que Milady et moi nous n'ayons plus d'inquiétude sur votre sort , et que votre méchant frère ne nous fasse plus trembler..... —Laissons cette chimère, ma chère amie. — Ce n'en sera point une. Si vous voulez, belle Miss, (dit une voix douce et tremblante) Nanine tourne la tête en poussant un cri ; le porte-crayon tombe de sa main ; le portefeuille est renversé ; elle est debout , et voit deux jeunes gens qui probablement ont entendu la conversation. Le plus jeune lui fait ses excuses avec un embarras, une timidité qui lui ôte presque la faculté de s'exprimer. Elle est sur le point de témoigner son ressentiment; mais un regard du jeune inconnu fait mourir la plainte sur ses lèvres; tous deux ne peuvent que se regarder.

regarder. Les yeux du jeune homme exprimaient si bien le trouble de son cœur, que Nanine en rougit. Enfin, tous deux éprouvèrent un embarras qui les rendit muets. Anna, qui avait reconnu dans l'autre jeune homme celui qu'elle avait rencontré le matin, le salua en riant, et lui reprocha d'être venu s'emparer de leurs secrets : il la remercia d'abord de l'éloge flatteur qu'elle avait fait de lui, ainsi que de ses vœux : Mais ces vœux ne me regardent plus, ajouta t-il, en s'adressant à Lady Nanine. Ce n'est qu'au propriétaire du château d'Athlon que votre amie veut vous unir ; je ne le suis point ; le voici (en montrant son ami). Comme je vois à son silence qu'il a besoin d'interprête : « Je vous dirai, Madame, ce que votre amie vous disait tout-à-l'heure; aimez votre voisin. Je vous jure qu'il vous aime, et qu'il

Tom. I. H

n'y a plus de bonheur pour lui sans l'espoir d'obtenir votre main. Son trouble, les mots sans suite qu'il vous dit, tout cela, Miss, est, je vous promets, une preuve plus sûre de son amour, que la déclaration la plus précise. » Les yeux du je..... d confirmaient à Nanine tou..... son ami lui disait. Il hazarda de lui prendre la main et de la presser dans les siennes, en lui disant : « Aimable La... me permettez-vous d'aspirer au bonheur de vous plaire? » Elle le regarda et retira sa main avec confusion ... croire cependant que ce regard fût expressif, et plus peut-être qu'elle ne le croyait ; car le jeune homme s'inclina comme pour la remercier, et en même temps la joie et l'expression du bonheur vinrent animer tous ses traits. « Rentrons, ma chère, dit Nanine à son amie, en ramassant son porte-crayon. » Les deux

Lords rassemblèrent les papiers épars et
le portefeuille fut refermé, sans avoir
été, ce jour-là, d'une grande utilité.
Il n'y avait qu'un pas à faire pour gagner la porte du parc ; les deux amis demandèrent à les accompagner jusques-
là ; Lady refusa cette faveur : Anna
l'accorda et accepta le bras que lui offrait
Milord Hamilton. (Ces jeunes gens
s'étaient alors fait connaître.) Edouard
demanda la même grace ; Lady hésita,
rougit, et finit par se rendre. Le trajet
était court ; mais on marchait si lente-
ment, qu'on mit plus d'un quart d'heure
à faire le chemin qu'elles avaient fait en
cinq minutes, une heure auparavant. Il
fallut pourtant se séparer. — Miss, dit
Edouard d'une voix basse, reviendrez-
vous dessiner dans ce lieu?—Je ne le crois
pas, Monsieur.... En disant ces mots,
elle salue, rentre, et la porte est déjà re-
fermée, qu'Edouard, les yeux fixés des-

sus, reste dans une immobilité qu'Hamilton contemple un instant en silence ;
puis le tirant par le bras, il fait un
grand éclat de rire. « Avez-vous
donc les yeux d'un lynx, mon ami ?
Voyez-vous donc au travers de cette
porte ? Hélas ! non, répond Edouard
avec un grand soupir ! — Convenez,
du moins, que c'est charmant d'être
amoureux ? — Ne plaisantez pas, je le
suis en effet, et pour la vie.... Savez-
vous, continua Hamilton sur le ton
badin, que vous me devez des remer-
cîmens ? J'ai plus avancé vos affaires
dans un instant, que vous n'eussiez
fait en six mois. Vous voilà amant dé-
claré, et qui plus est, amant aimé, je
le gagerais..... — Vous m'accuserez
peut-être de présomption ? Mais si je
m'en rapporte à ce regard charmant, ce
regard enchanteur qu'elle a jeté sur moi,
je suis le plus heureux des hommes. »

Ce fut ainsi qu'en parlant de Lady Manchester, et en répétant qu'il l'adorerait toute sa vie, qu'Edouard regagna sa maison.

Ce n'était point le hasard qui les avait conduits au lieu où était Nanine ; on se rappelle qu'Hamilton avait rencontré Anna sur la route de Manchester. Sa beauté, ses graces l'avaient frappé : il avait demandé à son ami, quelle était cette jeune personne rencontrée dans son voisinage ? Édouard lui ayant répondu qu'il l'ignorait, n'étant pas encore sorti de son château, Hamilton, qui voulait en être instruit, s'adressa à Thomi : celui-ci satisfit à toutes ses questions, assurant que, s'il desirait la revoir, il n'avait qu'à retourner où il l'avait vue le matin, qu'elle ne pouvait prendre un autre chemin pour revenir. Dans tout son récit, Thomi n'avait pas dit un mot de Nanine :

enchanté de l'impression qu'il croyait qu'Anna avait faite sur le Lord , il espérait servir Lady , en procurant , peut-être, un établissement à son amie : aussi en parla-t-il au Lord avec chaleur, il lui vanta tellement ses talens , ses vertus , qu'il lui fit naître l'envie de la faire voir à Édouard. Après le dîner, il lui proposa de l'accompagner jusqu'au bout du parc de Manchester. Édouard ne put s'empêcher de lui demander les motifs de cette promenade, et il les lui donna. Ne me déguise pas tes sentimens , lui dit Édouard , avoue-moi plutôt que ton cœur est touché de l'objet que tu as vu ; pourquoi, si tu l'aimes , veux-tu me le faire connaître ? Eh ! si j'allais devenir ton rival ? Cela ne se peut, répondit Hamilton ; tu sais que mon cœur est donné, et qu'il porte des chaînes trop douces pour vouloir les rompre ; c'est toi seul que je vou-

drais que cette belle personne pût engager ; ton indifférence est si grande !
Rien , m'as-tu dit , n'a encore troublé
ton cœur : je t'avoue que je me ferais
un grand plaisir de te voir amoureux ;
et, si tu ne le deviens pas aujourd'hui ,
tu ne le seras jamais. Édouard sourit, et
consentit enfin à en courir les risques.
Arrivés au lieu indiqué par le jardinier ,
ils apperçurent les deux amies gagnant
l'arbre qui était à quelques pas, et s'asseyant dessous : « Nous sommes plus
heureux que nous ne pensions , dit
Hamilton : c'est apparemment Lady
Manchester ; je serais curieux d'entendre la conversation de ces jeunes
personnes ; c'est sans doute de petits
secrets où l'amour entre pour quelque
chose : suis-moi sans bruit, il nous sera
aisé de les écouter , sans qu'elles s'en
doutent. »

Leur surprise fut égale , en voyant

que Lady-Manchester ne le cédait point
en agrémens à son amie. Si celle-ci
était belle, l'autre était plus jolie. La
délicatesse de ses traits, un sourire fin,
les plus beaux yeux du monde, à-la-
fois tendres et spirituels, un son de
voix qui pénétrait l'ame ; tous ces
charmes réunis, portèrent dans le
cœur d'Édouard une atteinte si rapide,
qu'elle le maîtrisa, et le porta à se
découvrir?

Si Édouard avait reçu une impression
qui lui était chère, celle qu'il avait faite
sur Lady-Manchester, n'avait été ni
moins prompte, ni moins vive. Rentrées
dans le parc, elles y marchaient en silence. N'avez-vous donc rien à me dire?
lui demanda Anna... —Ah! ma chère,
ce n'est pas avec toi que je pourrais
feindre : comment te peindre le trouble,
l'émotion qui m'agitent ? Mon oreille
est encore frappée de cette voix si
tendre :

tendre : comme mon cœur en est pénétré ! quelle agitation.....! Eh ! combien ses battemens sont redoublés ?
Voilà donc cet amour que j'ignorais ,
que je craignais de connaître ! Un mot,
un regard ont suffi pour ma défaite.
Ma chère Anna , tu es mon amie , tu
ne voudrais pas me tromper ; crois-tu
qu'il éprouve ce qu'il me fait sentir ?
En pouvez-vous douter !.... — Et ma
mère.... comment lui avouer....? il
le faut pourtant. Je ne dois pas avoir
de secrets pour elle..... Ma bonne ,
mon aimable Anna , si tu voulais te
charger..... Je vous entends..... et
vous connaîtrez mon zèle. »

Anna parla si avantageusement du
jeune Lord , que Milady témoigna le
desir de le connaître. Un mouvement
de joie, que Nanine laissa échapper ,
ouvrit les yeux de sa mère. Il faut
avouer que , dans son récit , Anna

avait évité de dire ce qu'il y avait eu de particulier entre Édouard et Nanine , et n'avait pas raconté bien juste la conversation qui avait mis le jeune Lord dans l'impossibilité de se taire plus long-temps. Cette petite finesse ne servit à rien ; Milady voulut savoir la vérité, dont elle s'apperçut qu'elle s'était écartée ; mais la douceur avec laquelle elle la demanda, rassura Nanine , et lui donna le courage de la satisfaire elle-même. Tout fut donc détaillé, et avec un feu, une expression , qui prouvèrent à Madame de Manchester que le cœur de sa fille n'était plus libre.

« Ma chère enfant , lui dit cette tendre mère , je t'engage à ne point te livrer à un penchant, qui peut-être ne pourra te rendre heureuse ! Laisse-moi le soin d'en juger, je ne serai pas un juge trop sévère ; tu sais que le soin

de ton bonheur est tout ce qui m'occupe. Je ne te dirai point d'éviter ce
jeune homme , je me repose sur tes
principes, sur ta raison , qui déjà , j'en
suis sûre , t'ont inspiré de le fuir , jusqu'à ce qu'il te fût permis de l'écouter.
Il viendra sans doute me voir , puisqu'il sait qui tu es ; notre voisinage lui
en donne le moyen. Reprends ta tranquillité , ma chère fille ; hélas ! puisse-
tu ignorer les suites cruelles d'une passion malheureuse. »

Édouard, entièrement livré à l'amour
et à l'espoir d'être aimé , ne pouvait
s'occuper que de Lady Manchester. Le
lendemain , il retourna à l'endroit où
il l'avait vue la veille. Le gazon et l'arbre
lui indiquent la place où elle était assise ;
il s'y repose. Il semble que tout ce qui
l'entoure se soit embelli ; que l'air qu'il
respire soit plus doux , plus pur que
par-tout ailleurs. Son ami a de la peine

à l'en arracher ; encore fallut-il aller jusqu'à la porte où on s'était séparé la veille.

« Mon ami, lui dit Hamilton, je desirais te voir amoureux, mais pas à ce point. J'aime un amour gai ; et le tien est si mélancolique, qu'il ferait mourir d'ennui ton confident. Je n'ai plus que deux jours à rester avec toi ; ne peux-tu oublier un peu ta belle Lady, pour t'occuper un peu plus de moi ? Si cet effort est trop grand, tu peux m'en prévenir, et je te laisserai libre dès demain. — Tu seras content, reprit Édouard, demain nous chasserons ; j'ai invité quelques amis, et tu auras de quoi t'amuser. »

Le départ de son ami, en le rendant à sa sollicitude, lui donna aussi la liberté faire une visite à ses voisines : mais il crut devoir auparavant s'instruire du caractère de Milady. Il ne pouvait in-

terroger que ses jardiniers ; le fils éluda
ses questions , ou n'y répondit que
d'une manière peu satisfaisante. Le
père, naturellement bavard, lui donna
tous les détails qu'il pouvait desirer :
il trouvait dans Édouard , un maître
doux, qui approuvait tout ce qu'il faisait dans ses jardins , et qui honorait
sa vieillesse : que de motifs pour aimer
un tel maître ! Aussi gronda-t-il souvent son fils de son impolitesse , en
ajoutant : « Je ne sais ce qui te cha-
grine, mais ton humeur change beaucoup ; depuis quelques jours sur-tout
je ne peux te reconnaître. Es-tu malade ? qui peut t'affliger ? il me semble
même quelquefois t'avoir vu pleurer ?
Que desires-tu ? tu me connais ; tu
sais, que s'il est en mon pouvoir de te
satisfaire, tu le seras : parle donc ,
mon fils , conte-moi tes peines !....
Eh bien, il ne m'écoute pas. Ah ! mon

fils ! mon fils , est-ce là le prix de ma tendresse ! »

Thomi avait pénétré le secret d'Édouard ; il ne doutait pas qu'il ne plût à Lady. Il s'était dit et répété que son amour pour elle , était une folie à laquelle il fallait renoncer , et cependant il en sentait l'impossibilité. C'étaient ces combats entre son cœur et sa raison , qui altéraient ses traits , et lui arrachaient des larmes ; pour tout au monde , il n'eût pas voulu faire connaître sa faiblesse. Son père sur-tout devait l'ignorer ; son indiscrétion lui était trop connue. Il aima mieux l'affliger un moment , dans l'espérance qu'il pourrait vaincre ses sentimens , et que son père oublierait tout.

Si le rang et la fierté de Milord Manchester alarmèrent Édouard , la douceur de Milady , sa tendresse pour sa fille , le rassurèrent ; ne pouvant

plus vivre sans voir Nanine, il se
détermina à faire une visite. Milady
était dans son cabinet, avec sa fille et
Anna ; la première était occupée à
faire une lecture. Lorsqu'on annonça
le Lord Édouard, le livre tomba des
mains de Nanine ; Milady, qui s'était
levée pour le recevoir, jetta un cri en
le voyant, et retomba sur sa chaise.
» Madame, lui dit Édouard, pardonnez
ma démarche ; si elle vous déplaît, je
suis le plus malheureux des hommes! »
Le son de sa voix augmente le trouble
de Madame de Manchester, elle ne
peut parler. Édouard, croyant lui être
désagréable, fut prêt à se retirer, en
lui laissant voir son chagrin d'une telle
réception, et à laquelle il était loin de
s'attendre. Elle l'arrête : « Monsieur...
Monsieur, excusez.... vous ne savez
pas.... de grace, asseyez-vous : vous
ne pouvez me déplaire..... Vous êtes

I 4

notre voisin , et je vous reçois avec plaisir.... Je suis si faible.... d'une santé qu'un rien altère , et qui me met souvent dans l'état où vous me voyez. » Il parut la croire. Pendant ce temps , les deux amies se regardaient avec une surprise égale. Milady, entièrement remise, parla au jeune homme de l'agréable propriété que lui avait laissée Milady Arthon. « Vous êtes son neveu, ajouta-t-elle, car je crois qu'elle n'avait pas d'enfans ? Non , Madame , elle était sœur de ma mère : elle avait voulu , il y a quelques années, donner cette terre à mon père ; mais il la refusa, ne voulant pas rentrer en Angleterre, où il avait éprouvé des malheurs qui l'en éloignaient pour toujours. » Madame de Manchester, l'ayant fixé de nouveau , lui dit, d'une voix tremblante : « Le nom de cet homme infortuné, je vous prie? car le vôtre ne

m'a pas instruit de celui de votre père.
— Sidney. — J'en avais un pressentiment. Plus je vous regardais, et plus
je retrouvais en vous tous ses traits. Il
vous a, sans doute, suivi dans votre
patrie ? aurait-il pu se séparer d'un
fils tel que vous !.... Vous ne répondez
pas..... Des larmes !.... O Dieu !....
Sidney ne serait-il plus ! — Il y a deux
ans que je l'ai perdu. — Il est mort !...
Ah ! malheureuse.... — Ma mère,
ma mère, s'écria Nanine, en volant
à son secours ; hélas, elle se meurt !...»
Elle était en effet sans connaissance.
On essaya en vain de la faire revenir ; Nanine, pâle et les yeux fixés
sur sa mère, se livrait au désespoir.
Édouard s'approcha d'elle, et la pria
de lui pardonner un évènement qu'il
n'avait pu prévoir : elle paraissait ne
pas l'écouter. Il se jetta à ses genoux :
— « Miss, chère Miss, ah, de grace,

ne m'en voulez pas ! — Jamais, non jamais je ne vous en voudrai, lui dit-elle, en lui tendant la main, sans savoir ni ce qu'elle faisait, ni ce qu'elle venait de dire. Il la baisa avec ardeur, cette main charmante, qu'on ne pensait pas à retirer. Avant de sortir, il pria Anna de lui faire donner des nouvelles de Milady; elle le lui promit. Il rentra chez lui, en rêvant à la singularité de l'aventure qui venait de se passer; il ne pouvait douter que son père n'eût été cher à Milady, et il espérait qu'elle ne pourrait haïr le fils. Ses yeux, d'ailleurs, lui avaient témoigné tant de bonté, qu'il regarda son bonheur comme certain.

Ce ne fut que le lendemain que Madame de Manchester put se rendre compte de ce qui s'était passé; elle en éprouva un chagrin mortel. « Que pense ma fille?.... et ce jeune homme ?....

O ciel ! quelle idée aura-t-il de moi ?...'
Que leur dirai-je ?.... chercherai-je à
les tromper ? Non , Édouard , élevé
par son père , doit en avoir les vertus ;
ne craignons pas de lui dire la vérité...
Et quand je voudrais la cacher , ils
l'auront devinée, et me croiront peut-
être plus coupable que je ne le suis.
Si je me tais après ce qui s'est passé....
et ma fille , si elle n'estimait plus sa
mère, ne verrait plus en elle un guide ,
et pourrait s'égarer ! Ah ! je vois bien
qu'il faut parler , et cette raison m'y
détermine. »

Édouard se rendit chez Milady ,
dès qu'il sut qu'elle était mieux.
— « Vous voilà , Monsieur ! lui dit-elle
avec bonté : l'intérêt que vous me té-
moignez, mérite toute ma reconnaissance ; je vous ai laissé voir la dernière
fois une femme bien faible ! — Madame, ne parlons pas de ce qui pour-

rait altérer une santé qui m'est chère.
— Vous avez mon estime, Monsieur ;
et, quoique je vous connaisse peu,
je suis persuadée que vous la méritez :
je vous promets une confiance entière,
dès que mes forces me permettront de
rassembler tous les détails d'une vie un
peu agitée, qu'il est nécessaire à mon
repos que vous connaissiez. — Il voulut
l'interrompre... Elle continua : — Vous
devez apprendre les motifs qui m'ont
donné pour votre père cet intérêt si vif,
que je déguisais mal : sa perte a achevé
de vous dévoiler mon cœur. — De grace,
Madame, ne parlons point d'une faiblesse, qui n'en est une qu'à vos yeux ;
ce n'est point moi qui peux vous trouver
coupable : non, Madame, non, vous
ne m'en êtes que plus chère. Nous
mêlerons nos larmes, en nous entre-
tenant du plus aimable des hommes,
du plus tendre des pères. Que son fils

se trouverait heureux, si vous lui permettiez d'aspirer à votre amitié ! — Milady lui tendit la main. — Je voudrais en vain vous la refuser, aimable jeune homme, lui dit-elle; oui, vous voyez en moi une amie, une mère.... — Sidney est à ses pieds.... Relevez-vous, mon ami.... — Ma mère!... ah! répétez-moi que vous voulez l'être! que ce n'est point un titre que l'amitié seule vous fait prendre! J'embrasse vos genoux, ma mère! ma généreuse amie..... ne me comprenez-vous pas?.... ou me condamnez-vous à être le plus malheureux des hommes? — Embrassez-moi, mon fils; vous êtes celui que mon cœur choisit. Je desire que ce choix soit approuvé de mon époux; mais si la haîne qu'il avait conçu contre le père, allait retomber sur le fils, je vous rendrais plus malheureux, en vous permettant de nourrir une passion qui ne serait point approuvée : il vaut mieux y renoncer, à présent qu'elle n'a pas encore eu le temps de se fortifier. Que le bonheur de ma fille vous touche ; si vous l'aimez , sacrifiez-lui le vôtre ; ne la voyez plus. — Ne plus la voir ! interrompit Édouard, ah ! Madame, vous connaissez mal mon cœur, si vous le croyez faiblement atteint ; rien ne peut détruire les sentimens que votre aimable fille m'a inspirés ; et à moins qu'elle ne m'assure elle-même de son indifférence , je ne peux renoncer volontairement au desir de lui plaire, et de m'en faire aimer autant que je l'aime. »

Soit faiblesse pour Edouard, soit qu'elle crût que Manchester , qui n'aimait pas sa fille, la laisserait maîtresse d'en disposer, elle lui permit de faire parler sa tendresse, en ajoutant : « Vous ne vous offenserez pas, si je vous de-

mande trois mois d'épreuve. Il est permis à une mère de ne rien précipiter. »
Edouard ne s'attendait pas, en venant
chez M. de Manchester, au bonheur
auquel elle lui permettait d'aspirer; il
se soumit avec joie à tout ce qu'elle desirait. Voir Nanine librement, l'entretenir de sa passion, était pour lui le
bien suprême. Loin de gémir de ce
délai, il s'accordait avec sa délicatesse;
la main de Lady Manchester, quoique
d'un grand prix aux yeux de Sidney,
n'eût pu suffire à son bonheur, sans le
don de son cœur. « A présent, se disait-il, elle se donnerait à l'époux
choisi par sa mère; dans trois mois,
ce sera à son amant. Ah! mon bonheur
sera bien plus assuré. »

Manchester était devenu un séjour
charmant pour nos deux amans; chaque
jour voyait croître leur tendresse et
leur bonheur. Edouard passait chaque

matin une heure chez Milady : leur
tendresse était trop pure pour que sa
présence pût les importuner; ils étaient
devant elle ce qu'ils étaient devant
Anna. L'amour , le véritable amour ,
ne craint point les yeux de l'amitié;
elle en était si persuadée qu'elle ne
voulait pas contraindre sa fille à ne
voir son amant que chez elle , et qu'elle
permit à Edouard de venir prendre
les deux amies et de les conduire dans
ses jardins, quand elles le desireraient.
C'était Sidney qui allait cueillir les
fleurs que l'automne pouvait encore
offrir. Thomi, triste , abattu, fuyait
le jardin dès que les deux Miss paraissaient. Nanine à peine s'en apperçut,
mais Anna trouva dans cette conduite
la certitude de ses soupçons. Pour ne
point se rendre importune , elle suivait
les deux amans à quelque distance ,
et se trouvait réduite à rêver pour passer

ser le temps ; la rêverie, quand aucun
objet ne la fixe, devient à la fin en-
nuyeuse ; elle voulut, pour se distraire,
parler à Thomi et gagner sa confiance,
afin de le guérir d'une passion aussi
déraisonnable. Elle ne put y parvenir,
par le soin qu'il mettait à l'éviter. Alors
elle ne s'en occupa plus, espérant que
le temps ferait ce que ses conseils ne
pourraient peut-être point obtenir.

Madame de Manchester, ayant appris que le Lord Homfroy, ami intime
de son mari, était à sa terre, elle crut
pouvoir profiter de son voisinage en faveur de ses enfans. Il était essentiel, et
elle le sentait trop tard, que son époux
ignorât que la recherche de Sidney fût
non-seulement approuvée, mais même
connue d'elle. Il fallait qu'il pût être
prévenu en faveur de ce jeune homme,
avant de le connaître pour le fils de ce
Sidney, qu'il avait tant haï. Le Lord

Homfroy, homme adroit et obligeant, lié depuis long-temps avec Milord, pouvait seul la servir ; elle se décida à lui écrire qu'elle desirerait le voir, si cette complaisance ne le dérangeait pas trop. Elle envoya sa lettre par son domestique, afin d'avoir une réponse plus prompte : il lui fit dire que le jeudi suivant il aurait l'honneur d'aller lui demander à dîner.

Elle avait prévenu Edouard et sa fille, de cette visite, et avait prié le premier de ne point venir ce jour-là, qu'elle ne le fît avertir. Le jeudi matin, le Lord se fait annoncer ; Milady lui témoigne toute sa reconnaissance. — « Madame ; lui dit-il, avez-vous pu douter de mon empressement ? Mon estime pour vous répondait de mon dévouement, et vous pouvez me mettre à l'épreuve. — Je sais, Monsieur, combien vous aimez à rendre service, reprit Milady, et j'espère que vous ne vous refuserez pas à la commission dont je veux vous charger auprès de Manchester ; vous êtes son ami ? — Je l'ai été, Milady, comment avez-vous pu ignorer que depuis long-temps nous ne nous voyons plus ? — Quoi ! vous aussi en êtes oublié ?.... — Je suis trop franc, trop véritable ami pour me contraindre : je pouvais bien pardonner à Milord quelques caprices en faveur de notre vieille connaissance ; mais devais-je souffrir ceux de son fils ? Encenser une idole, qui n'a de mérite que dans l'imagination de son père, je n'ai pas voulu m'abaisser à ce point. Voyant les travers, les inconséquences de ce jeune homme, j'ai cru que l'amitié me faisait un devoir de prévenir Milord : pour prix de mon avis, j'ai été traité d'une manière si dure.... Enfin, d'après de pareils procédés, vous de-

vez penser, Madame, que je cessai de
voir un homme assez faible pour se
laisser conduire par un jeune écervelé.
Pardonnez ma franchise, Madame, il
est votre fils, et je . . . . . »

Ah ! Monsieur, à qui m'adresser,
si vous ne voyez plus Manchester?
— Je le verrai, reprit vivement le
Lord ; instruisez-moi seulement de ce
que je dois faire, et croyez, Madame,
que je sacrifierai avec plaisir mon ressentiment au desir de vous être utile.
— Que de bonté! Il s'agit, Monsieur,
de proposer un gendre jeune, aimable,
possédant une fortune considérable.
— Le Lord l'interrompit ; je ne vois
rien de si facile à proposer et à accep-
ter. — Vous vous trompez, Monsieur;
permettez-moi de vous observer que
Milord n'aimant pas sa fille, et celui
dont je vous parle, étant le fils d'un
homme que des raisons, des intérêts

différens avaient rendu l'ennemi de mon époux, il pourra bien le refuser dès qu'il sera nommé. Je desirerais donc qu'il pût le voir, avant de lui être proposé. Comme il a une ressemblance parfaite avec son père, sa vue le rappellera à Milord; s'il n'en témoigne pas trop de peine, nous verrons alors ce qu'on pourra hasarder. Il faut que ce soit vous, Monsieur, qui vous chargiez de les faire rencontrer. Je vous prie instamment de laisser ignorer à Manchester l'intérêt que je prends à ce jeune homme; et même il serait prudent qu'il pensât qu'il m'est inconnu. Ma santé est si chancelante; peut-être n'ai-je plus que quelques mois à vivre : je voudrais voir ma fille mariée, je mourrais alors sans regret. »

Le Lord Homfroy demanda à connaître Lady Manchester et l'époux qui lui était destiné. Milady les fit avertir et retint Edouard à dîner. Le Lord trouva cette union si bien assortie, qu'il leur promit de mettre tout son zèle pour la faire réussir. Le peu d'heures qu'il passa avec eux les lui rendirent chers. Près de les quitter, il promit à Milady de se rapprocher de Milord. « Mais, ajouta-t-il, je crains que la vue de Monsieur ne lui soit désagréable. Vous le connaissez, il ne sait pas se contraindre avec ses égaux; il dit tout haut ce qu'il pense : j'en craindrais des suites fâcheuses pour notre jeune ami. Il m'est venu une idée qui remplirait le même but, la voici : Un portrait que vous m'allez remettre, (s'adressant à Sidney) et qui vous ressemble bien, suffit à mon projet.... » Nouvel embarras ! Sidney ne s'était jamais fait peindre ! — « Si maman le permet, (dit Nanine en rougissant) Monsieur peut l'avoir promptement. »

Milady ayant donné son consentement,
on convint de l'envoyer au Lord : il se
sépara de cette aimable famille avec
regret, et promit de revenir les voir.

On se doute bien que le portrait fut
fait en peu de temps ; Nanine le présenta à sa mère, en lui disant : Je ne
sais, maman, si tu en seras satisfaite ;
j'y ai cependant apporté tous mes soins.
Milady fut étonnée de la vérité qu'elle
avait su lui donner. — « Je le trouve
très-bien, lui dit-elle, en souriant, et je
desire, ma fille, qu'il vous soit rendu
un jour par votre père ! Qu'Edouard le
le fasse passer sans délai au Lord
Homfroy. »

Ces amans, jusques-là si heureux,
ne l'étaient plus depuis le départ du
Lord pour Londres ; ils comptaient les
jours, non avec impatience, mais avec
effroi. Madame de Manchester était
encore plus agitée qu'eux. Elle ne fixait

plus sa fille , sans éprouver une inquiétude affreuse. Son cœur se serrait , et
ses larmes n'étaient retenues qu'avec
peine. « Ah ! se disait-elle sans cesse ,
si j'avais fait le malheur de ma fille ?
Si cet amour que j'ai autorisé , et que je
me plaisais à voir naître dans leurs
cœurs , ne doit pas les conduire à un
heureux hymen , que deviendront ces
deux infortunés ? Je me trouverais forcée de bannir ce jeune homme , ce fils
qui m'est si cher ! . . . . Et ma fille ! . . . .
Ma fille , mourante dans mes bras , me
redemandera l'époux que je lui avais
dit d'aimer , et qui fuira loin d'elle par
mon ordre ! Ah ! cette idée me dé-
chire . . . . . Non, non , ma chère Nanine , tu ne sentiras pas les cruels tourmens qui ont brisé le cœur de ta malheureuse mère.

Plus de deux mois s'étaient écoulés,
et ils ne recevaient aucune nouvelle du
Lord ,

Lord : Sidney ne pouvait plus supporter une si cruelle incertitude ; il était
déterminé à se rendre à Londres ; Nanine y avait consenti : Milady, seule
s'y opposait. Sidney, persuadé qu'il
obtiendrait son aveu en persévérant,
ne cessait de lui en parler. Un matin
qu'il s'était rendu près d'elle, déterminé à vaincre sa répugnance, on vint
le demander ; une voiture était à la
porte, et la personne qui était dedans
était inconnue au domestique. » Ah !
s'écria Milady! mon cher Edouard,
on vous demande, on m'évite! Je vois
que tout est perdu ! . . . Qu'ai-je fait ?
— Madame, calmez-vous, lui répondit
Sidney, pourquoi supposer que cette
visite vous regarde ? — Ah! j'en crois
mes pressentimens. Mais je vous con-
jure, mon fils, ne me cachez rien, et
revenez bien vîte; mon incertitude est
affreuse à supporter. »

Tom. I   L

Un quart-d'heure après , Edouard
rentra avec le Lord Homfroy et les
deux Miss. L'abord triste du Lord lui
prouva qu'il n'avait pas réussi. Il les
regarda tous en silence , et ne put
que soupirer. » De grace, Monsieur ,
lui dit Milady d'une voix faible , éclair-
cissez-nous sur notre sort. — Madame ,
tous mes soins ont été sans fruit, reprit
le Lord. C'est tout ce que je veux vous
dire : laissez-moi me taire sur des détails odieux. . . . Je hais votre époux :
je le hais pour la vie; il n'y a plus d'espoir , et vous me voyez désolé de mon
peu de succès. . . . Jamais , jamais il ne
donnera son consentement. Il faut chercher les moyens de nous en passer.
— Nous en passer , Monsieur ! Et
comment faire? Daignez donc, avant
de les chercher , nous instruire davantage , je vous en supplie. — Puisque
vous l'exigez, Madame , je dois vous·

obéir , lui dit le Lord Homfroy.

Comme je cherchais à revoir votre époux , j'avais eu soin de me rendre souvent chez les personnes où je savais qu'il allait quelquefois ; (car à présent ses liaisons sont peu étendues) je parvins à le rencontrer ; je lui fis quelques avances qui furent mal reçues ; je pris une autre voie, et qui me réussît mieux. Je m'étais apperçu que Sir Charles faisait la cour à la fille de Milord Perth ; cette jeune personne ne me paraissait pas en être fort touchée. Un jour qu'il y avait un dîné chez son père , le hazard voulut que Manchester et moi fussions les premiers arrivés ; je crus pouvoir lui adresser la parole ; mais à peine daigna-t-il me répondre : une feuille publique , qui était dessus une table , frappa ses regards, il s'en saisit ; la préférant sans doute à ma conversation , il s'éloigna de quelques pas de

moi pour la lire ; je n'eus pas l'air offensé de ce peu d'égard ; et allant m'asseoir auprès de la jeune Lady, qui était
venue nous faire les excuses de son
père, sur ce qu'il ne pouvait nous venir
joindre pour le moment, je liai conversation avec elle. Elle est très-aimable ; et je prenais un plaisir infini à
l'entendre. Nous parlions à demi-voix,
comme pour ne point interrompre Milord..... Je lui parlai de Sir Charles ;
elle baissa la voix pour me dire naturellement ce qu'elle en pensait ; alors
m'approchant plus près d'elle, et affec-
tant de parler très-bas, je lui fis un
éloge pompeux de votre fils, rejetant
sur sa jeunesse les défauts dont on l'ac-
cusait, et laissant croire qu'il était sus-
ceptible de se corriger ; ce que j'avais
prévu arriva : l'air de mystère avec
lequel je m'étais rapproché de Miss
Perth avait piqué la curiosité de Milord,

qui prêta une oreille attentive à mes
discours. Je ne pus douter du plaisir
que je venais de lui faire : on se mit à
table , et il vint de lui-même se placer
à côté de moi; il me parla souvent pendant le repas , et en nous séparant, il
me dit : « Venez donc me voir , mon
ami , et oublions le passé. » Je le lui
promis, et depuis ce jour-là, nous ne
nous quittâmes presque plus. J'avais fait
monter le portrait que vous m'aviez envoyé sur une tabatière, et je la laissais
sur la table dans mon cabinet , comme
une chose à laquelle on n'attache pas
un grand prix. Manchester venait souvent dîner avec moi, il venait de bonne
heure ; nous restions dans mon cabinet
jusqu'au moment où on avait servi. Il
y avait plus de huit jours que cette
boëte était ballotée d'un bout de ma
table à l'autre , sans que Manchester
y eût fait attention ; lorsqu'un jour je

L 3

le vis la fixer : « Y a-t-il du tabac dans
cette boëte , me demanda-t-il ? — Oui,
repris-je ; mais il est peut-être un peu
sec. » Pendant que je lui répondais, il
avançait la main pour la prendre ; je
l'examinais avec précaution...... Il
n'eût pas plutôt fixé le portrait , que
la boëte fut rejetée avec colère sur la
table, et roula jusqu'à moi ; je la retins
en lui disant : « Je me doutais bien
que vous le trouveriez trop sec. » Il
était très-agité. « Qu'avez-vous, mon
ami ? lui dis-je. — Je suis furieux de
voir cette figure-là par-tout , même
chez mes amis..... « Je jouai la plus
grande surprise, et lui répondis : « Je ne
vous comprends pas ; de qui me par-
lez-vous ? Quelle figure peut vous déplaire ? — Eh ! Monsieur , (me reprit-
il avec la plus grande colère) c'est celle
d'un monstre qui me poursuit par-
tout , qui ne cesse de troubler mon

repos ; dites-moi , Monsieur , continua-t-il , d'où vous vient ce portrait ?
— C'est celui d'un parent de ma femme,
un jeune homme charmant , du plus
grand mérite. Il me fixa. — Vous ne
me trompez pas ? l'original de ce portrait est un jeune homme ? — Et oui, lui
dis-je , quel intérêt ai-je de vous tromper ? Ma femme lui était très-attachée ;
elle me l'avait recommandée en mourant : ce n'est pas , poursuivis-je , qu'il
ait besoin de mes secours, car il est très-
riche. Je l'ai vu depuis son retour de ses
voyages , je l'ai trouvé très-aimable et
digne de mon amitié : il m'a même
chargé de le marier, et je vais m'en
occuper. Milord m'avait écouté avec
assez de tranquillité. Il reprit : — Ce
jeune homme doit-il venir vous voir ?
— Oui, je l'attends sous peu de jours...
Il se leva, courut à son chapeau.... Eh
où allez-vous Milord ? — Je m'en vais ;

je ne dîne pas avec un homme qui est
l'ami de tout le monde , et qui reçoit
chez lui mon ennemi..... — Mais ,
Milord , permettez , ce jeune homme
ne peut être votre ennemi , vous ne
le connaissez pas ? — Ni ne veux
le connaître , entendez-vous ; adieu.
— Milord , écoutez..... un mot.....
— Non , rien.... » Il monta dans sa
voiture , sans vouloir m'écouter , ni me
parler davantage. Je restai stupéfait ,
je vous l'avoue, et je crus Milord un peu
fou. Je me présentai le lendemain chez
lui ; on me dit qu'il était sorti. Je me
présentai encore les jours suivans , et
je reçus la même réponse. Je montai à
son appartement, je voulus me le faire
ouvrir , on me refusa ; alors je dis au
domestique que j'étais déterminé à attendre le retour de son maître, et qu'il
trouverait mauvais qu'on m'eût laissé
dans une anti-chambre. Le domestique

me rit au nez ; je ne fus plus maître
de ma colère , et je levai ma canne sur
cet impertinent valet , lorsqu'il s'es-
quiva , en appelant du secours. Manchester parut , et me dit , qu'il était
étonnant que je voulusse le forcer à me
recevoir : je n'eus pas le temps de lui répondre , il tourna le dos , rentra chez
lui , et ferma sa porte avec violence. Je
vous avoue, Milady, que je m'attendais
peu à cet acueil.

Pardonnez, Madame, si je regarde
votre époux comme un homme dont la
tête est un peu dérangée : sa conduite,
sans cela , ne pourrait s'excuser , et
je trouve impossible qu'on pousse la
haîne à ce point d'extravagance. Je ne
crois pas pouvoir à présent lui demander sa fille pour l'original d'un portrait,
dont la vue seule lui a bouleversé l'imagination.

— Monsieur, s'écrièrent-ils tous les
trois, que de pardons nous avons à

vous demander !... nous sommes cause
de tous ces désagrémens. — Eh , mes
amis, les désagrémens ne seraient rien
pour moi , si je savais un moyen de
nous passer de lui , et de vous rendre
heureux. Nous y réfléchirons tous, je
reviendrai vous voir..... Je m'intéresse
à vous plus que jamais ; comptez sur
un ami qui, au moindre mot , s'empres-
sera de vous servir... » Il se déroba à
leur reconnaissance ; Sidney le suivit. »

Milady paraissait accablée d'une
foule de réflexions ; sa fille la regardait
en silence ; elle pria tout bas Anna
de les laisser seules , espérant que ,
lorsque son amie serait retirée , sa mère
lui ferait part de ce qui paraissait l'agiter ; mais voyant qu'elle gardait toujours
le silence , elle s'approcha le plus près
d'elle, et lui dit d'une voix émue : —Maman , pourquoi cette haîne de Milord
pour Édouard ? quels sont donc les torts
de son père, qu'il ne puisse les oublier ?

Hélas, faut-il que nous en soyons les victimes ! »

Madame de Manchester la regarde en soupirant, et lui dit, après avoir hésité un instant : « Ma fille, je vais satisfaire ta curiosité ; suis-moi... » Elles entrent dans son cabinet ; Milady lui remet un cahier écrit de sa main : « Tiens, mon enfant, connais la cause de tes peines ; vois si ta mère n'est pas plus malheureuse que coupable ! » Elle rentra dans son appartement, laissant Nanine indécise sur ce qu'elle devait faire. Elle craignit d'avoir offensé sa mère, en lui montrant son desir de connaître ses secrets ; elle pensa qu'elle devait peut-être lui remettre le cahier, et ne plus chercher des éclaircissemens qui avaient toujours paru coûter à Milady. Elle se leva, résolue à lui faire ce sacrifice, et passa à cet effet dans sa chambre : elle ne l'y trouva plus, et ne sut alors à quoi se déterminer. Elle rentra dans le cabinet, où

la curiosité prit le dessus ; s'étant assise,
et ayant posé le cahier sur ses genoux,
elle le parcourut d'abord ; ensuite, il
l'intéressa : elle finit par sentir que,
d'après ce qu'elle venait d'en lire, il
valait mieux le lire de suite, et elle le
commença.

HISTOIRE

DE MILADY MANCHESTER.

LE plus aimable des hommes m'avait
été présenté pour époux par mon père.
« Aime Sidney, ma fille, me disait-il,
il en est digne, et votre union com-
blera tous mes vœux.... » Mon cœur
fut bientôt d'accord avec le devoir. Qui
pouvait connaître Sidney, sans éprouver pour lui tous les sentimens, puisqu'il
réunissait toutes les qualités qui peuvent
attacher une femme sensible ? Notre
tendresse devint égale ; nous ne pou-
vions être heureux, si nous étions un seul

jour séparés l'un de l'autre ; aussi, il était
rare qu'il s'en passât un, sans nous voir.
Mon père avait fixé le temps de notre
union, le terme approchait ; et déjà on
en faisait les préparatifs , lorsqu'il se
donna un bal à la cour. Je reçus un billet
d'invitation , et je me promis bien de
feindre une indisposition pour n'y pas
aller ; mais mon père et Sidney desirè-
rent de m'y voir paraître. L'un et l'autre
me promirent de m'y accompagner, et
de me ramener dès que je le desirerais.
Je fus donc obligée de me rendre , et
pour la première fois de ma vie , j'as-
sistai à un bal de cour. Assise à la
place qui m'avait été assignée , j'eus le
temps de m'ennuyer pendant deux
heures. Mon tour étant venu de danser,
Manchester me fut présenté comme le
partener qui m'était destiné. En me
prenant la main , il me fit un compli-
ment, auquel ma timidité ne me permit

pas de répondre ; je le suivis ; mes jambes tremblaient sous moi, et sans doute je ne brillai pas. Enfin, cette danse terminée, mon danseur, après m'avoir reconduit à la place où il m'avait prise, resta debout derrière moi. J'étais très-ennuyée du bal, je cherchais des yeux mon père, ou Sidney. J'apperçus ce dernier ; je lui fis signe, il s'approcha à l'instant. « Emmenez-moi, lui dis-je à l'oreille, je suis excédée. — Votre père, me répond-t-il, peut seul vous tirer d'ici avec bienséance ; je vais le chercher. » Il ne fut pas plutôt éloigné, que Manchester, se penchant vers moi, me demanda si c'était avec l'épouse de Sir Sidney qu'il venait d'avoir l'honneur de danser ? Un non, Milord, fut toute ma réponse. — « En ce cas, Miss, me répondit-il, vous me permettrez de lui disputer votre cœur. Personne, plus que

moi, ne saurait l'apprécier.... » Il allait,
sans doute s'étendre sur les effets ra-
pides que ma vue avait faits sur lui ;
mais mon père venant me prendre,
je le suivis, après avoir salué froidement mon nouvel adorateur. Sidney
nous attendait à la porte, et nous
rentrâmes ensemble. Le reste de la
soirée fut bien plus agréable pour moi,
que ne l'avait été le commencement ;
je ne parlai point de Manchester,
parce que je l'avais déjà oublié, et
que je croyais en être oubliée de même.
Sidney, en nous quittant, nous dit
qu'il craignait de ne pouvoir nous voir
que dans trois ou quatre jours ; parce
qu'il avait un voyage indispensable à
faire avant notre mariage. « Eh bien, lui
dit mon père, nous ne vous retiendrons
pas ; mais vous ne pouvez douter que
votre absence, quelque courte qu'elle
soit, ne nous ennuie ; et, si vous nous

aimez, nous vous reverrons bientôt. »
Sidney , après avoir remercié mon
père de la tendresse qu'il lui témoignait , l'embrassa , me salua , et se
disposait à sortir , lorsque mon père ,
l'arrêtant, lui dit, en souriant, qu'il lui
permettait d'embrasser sa Nanci : « Elle
ne me dédira pas , ajoute-t-il , en l'ame-
nant vers moi ; ma fille , embrassez
votre époux. » Nous nous embrassâmes
avec la plus grande tendresse , et Sidney partit , laissant éclater la joie la
plus vive.

Dès ce moment, mon bonheur cessa ;
un bal le détruisit, ou plutôt l'ambition de mon père ! Dès le lendemain ,
Manchester fit demander ma main.
Mon père lui dit qu'il voulait me consulter ; ce n'était cependant pas ce qui
l'inquiétait ; il était bien résolu de me
sacrifier aux vains titres dont cette al-
liance allait me faire jouir. Une seule
chose

chose l'embarrassait; c'était de rompre avec Sidney.

A son retour, il fut reçu froidement; mon père trouva les moyens de m'éloigner. Sidney se plaignit, il insista pour me voir ; mon père me l'amena ; mais comme il ne nous quitta pas d'un instant, mes yeux seuls purent lui exprimer les tourmens de mon cœur.

Je cherchais tous les moyens possibles de l'entretenir et de lui faire connaître les nouvelles vues de mon père ; j'espérais qu'il trouverait peut-être aussi les moyens de les rompre ; et cette espérance me soutenait. Si je ne voyais point Sidney, au moins son rival ne m'importunait pas non plus de visites ; je croyais, d'après cela, qu'il ne mettait pas une grande chaleur dans sa recherche. J'étais assez tranquille, espérant tout du temps et de ma persévérance à refuser ce nouveau

Tom. I. M

prétendant , lorsqu'un soir , au moment où j'allais me coucher, mon père
me fit dire d'aller lui parler; je me
sentis troublée de ce message : cependant j'obéis sur-le-champ. Mon père
était au bas de l'escalier , un domestique tenait un flambleau allumé. Sui-
vez-moi , me dit-il. Et il gagna la cour.
— Où me menez-vous , mon père ?
— Ne craignez rien , ma fille , vous
savez que je vous aime…. « Je reculai
en voyant une voiture prête à partir;
ne doutant plus qu'elle ne fût destinée
pour moi ; je retirai ma main qu'il tenait , et je rentrai précipitamment : il
me suivit, accompagné de plusieurs domestiques ; je me jettai dans ses bras.
« Mon père ! mon père ! lui criai-je, où
voulez-vous me conduire? Ah ! s'il faut
renoncer à mon amour, à l'époux de
mon cœur , pour prendre celui que
votre ambition vous fait préférer , don-

nez-moi plutôt la mort. Jamais, jamais
je n'oublierai Sidney. » Mon père, me
mettant la main sur la bouche : «Que
dites-vous, Nanci? Où est votre raison? pourquoi ma fille est-elle rébelle
à mes volontés?.... « J'allais lui répondre, lui prouver peut-être que les
reproches qu'il me faisait étaient injustes, lorsqu'un des domestiques,
l'ayant tiré à l'écart, lui parla avec feu
pendant quelques minutes. Mon père,
paraissant se rendre à ses raisons, me
jetta un regard où je crus voir de la
pitié, et dit en soupirant à celui qui
venait de lui parler : « Faites donc ce
que vous voudrez. » Dans le moment,
deux domestiques s'approchent de moi,
et m'emportent, malgré mes cris, jusqu'à la voiture, et me placent dedans.
Celui qui avait parlé à mon père, et
que je n'avais pu connaître, parce
qu'il avait eu le dos tourné pendant

tout le temps de la conversation , se
plaça à mes côtés. On referma la voiture , et elle sortit de la cour au grand
trot des chevaux. Je voulus faire parler mon conducteur, sur les intentions
qu'on pouvait avoir en me faisant quitter la maison de mon père au milieu
de la nuit , et sur le but d'un tel
voyage : je ne pus obtenir aucune réponse à mes questions. Je cessai d'en
faire , et me retirai le plus loin que
je pus , parce que plusieurs fois mon
conducteur avait saisi mes mains , en
laissant éclater une agitation qui m'alar-
mait autant que ses libertés me paraissaient offensantes. Lorsque le jour commença à paraître , il fit arrêter la voiture et en descendit. Je voyageai seule
toute la journée. N'ayant pas voulu
descendre pour dîner , et ayant refusé
absolument toute espèce de nourriture ,
je me trouvai très-faible en arrivant

chez ma tante, où je vis que se bornait
mon voyage. On fut obligé de me porter jusques dans son appartement.
Malgré l'air de bonté qu'elle mit dans
son acueil , je m'apperçus bientôt
que ce signe de bienveillance ne par-
tait pas du cœur.

Peu de jours après mon arrivée chez
elle, cessant alors de se contraindre ,
elle me dit d'un ton sévère de retenir
mes larmes , au moins en sa présence.
Croyez-moi , ma nièce , ajouta-t-elle ;
banissez loin de vous des idées roma-
nesques ; quand on n'a que de la beauté
sans fortune , il faut oublier si on a un
cœur , et n'écouter que la raison et le
devoir. Je ne pus m'empêcher de lui
répondre, que si mon cœur avait été
sensible , ce n'avait été qu'à la raison
et au devoir qu'il avait obéi. Eh bien,
Miss, reprit-elle, puisqu'il est si obéis-
sant, il faut qu'il ne s'occupe plus que

de Milord Manchester ; voilà celui qu'il
faut que vous aimiez ; celui que votre
père vous destine pour époux. . . . » Je
me récriai sur la tyrannie qu'on voulait
exercer sur moi : elle m'ordonna d'un
ton dur et impérieux de ne me servir
jamais de pareilles expressions. «Ma
nièce, ajouta-t-elle encore, une fille
bien née et vertueuse se soumet aveuglément aux volontés de ses parens.
Elle doit se persuader qu'ils ne veulent
que ce qui convient le plus à ses intérêts et à son bonheur... — Ah ! ma
tante ! — Point de raisonnement ; je
n'en veux plus entendre. . . . Préparez-
vous à recevoir celui qui doit être votre
époux , je vais vous l'amener dans
un instant. » Elle entra dans une
autre pièce et me laissa. Je ne pouvais
que pleurer sur le sort qu'on me pré-
parait ; toutes mes pensées alors se
tournèrent sur Sidney. J'étais seule ;

je pouvais pleurer sans crainte, et réfléchir sur ce que je devais faire pour
informer Sidney de ma retraite. De
tous les moyens que je cherchai, un
seul était possible ; c'était de lui écrire :
mais le pouvais-je faire avec bienséance
lorsqu'il était rejeté par mon père ?
Combattue entre mon amour et mon
devoir, j'oubliais ma tante et la visite
qu'elle m'avait annoncée ; je ne m'en
souvins qu'en la voyant rentrer suivie de
Manchester. Il vit bien que sa recherche ne m'était point agréable. Il s'approcha de moi en silence, et s'assit à
mes côtés ; puis prenant ma main, il me
demanda s'il était assez malheureux
pour avoir fait couler les larmes dont il
appercevait encore les traces. Je restai
muette.... « Parlez, adorable Miss,
rassurez-moi, de grace. » Je fis un
effort pour répondre ; je le fixai auparavant ; mais ne voyant rien dans sa phy-

sionomie qui pût me donner de confiance, je baissai la vue, et balbutiai
quelques mots sans suite, qui ne le sa-
tisfirent pas.... Il réitéra sa question :
je ne pouvais me résoudre à lui dire la
vérité ; je ne voulais pas non plus lui
donner d'espérances, et je continuai à
me taire. Il se leva alors avec impétuo-
sité, et parcourut la chambre en laissant
échapper des mots qui me firent connaître son mécontentement et son orgueil. Ma tante cherchait à l'appaiser.
« Quel dédain ! s'écria-t-il.... Elle ne
veut pas même me répondre ! — Milord, il faut l'excuser, c'est un enfant
timide. — Elle ne l'est pas avec tout
le monde, Madame; et je sais quelqu'un à qui Miss ne dédaigne pas de
parler. — Elle vous parlera, Milord,
je peux bien, moi, vous l'assurer.....
— Oui, repris-je vivement, oui, Milord; mais donnez-moi le temps de
vous

vous connaître , et de m'assurer que ce
sera à un ami à qui je m'adresserai.
— Ah ! parlez, aimable Miss, vous le
pouvez dès ce moment ; je jure à vos
genoux , (et il y était en effet) que
vous n'en avez pas de plus tendre et de
plus dévoué. — Me permettez-vous de
vous mettre à l'épreuve, lui dis-je ?
— Ordonnez, Miss , et j'obéis. — Eh
bien , Milord , obtenez ma liberté.... .
— Votre liberté ! reprend ma tante
avec humeur; vous regardez-vous chez
moi comme en prison ? — Hélas ! je n'y
vois pas de différence, repris-je, puisque
j'y ai été conduite de force ; que mon
père m'abandonne, et que je .... je....
— Achevez , me dit Manchester d'une
voix forte et le visage enflammé de colère , dites-nous que c'est moins l'absence de votre père que vous regrettez
que celle d'une personne que vous n'osez
nommer. » Piquée du ton qu'il venait

Tom. I.   **N**

de prendre , je me sentis plus forte et j'osai lui dire : « Puisque vous êtes si bien instruit de mes sentimens, soyez donc assez généreux pour ne plus mettre d'obstacles à une union qui est sacrée à mes yeux ; je n'aurais jamais cru que Milord pût employer la contrainte pour me forcer à lui donner mon cœur. Si mon père croit pouvoir dégager sa promesse envers un homme contre lequel il n'a rien à objecter , si votre nom , votre fortune ont pu l'éblouir, de tels avantages ne sont rien à mes yeux ; et puisque vous m'avez forcée à m'expliquer clairement , voici ma dernière résolution : je renoncerai à mes premiers engagemens , si mon père l'exige , mais aussi je ne veux pas en former d'autres. Puisque vous êtes mon ami et dévoué à mes volontés , j'espère , Milord, que vous ne persisterez plus dans une recherche qui est inutile, et qui ferait notre malheur mutuel. » Je me retirais sans le regarder, croyant que ma présence devait lui être désagréable, après un refus aussi formel ; mais il se pressa de se mettre devant la porte par laquelle je me disposais à sortir. Je m'arrêtai devant lui, en lui demandant, d'un ton ferme, de quel droit il prétendait me retenir..... — « Vous m'avez dit votre façon de penser, Miss, il est juste qu'à votre tour vous connaissiez la mienne. Je vous aime, et je vous jure que pour tout au monde, je ne vous céderai pas à un rival. J'ai la parole de votre père, il arrive sous peu de jours ; les articles sont réglés entre nous ; vous les connaîtrez, et ma générosité peut-être vous touchera. Adieu, Miss ; prenez, croyez-moi, des sentimens plus favorables : vous serez ma femme ; la résistance serait inutile, soyez en bien sûre. » Il me fit une inclination, en souriant avec ironie, de la consternation où ses dernières paroles m'avaient jetée, ma tante fut le reconduire.

Voilà, ma fille, comment votre père débuta avec moi ; jugez quelle dût être ma situation après son départ.

Je ne recevais aucunes nouvelles de Sidney ; dès que je prononçais son nom, ma tante me quittait ; j'étais des jours entiers sans la voir. Elle avait donné des ordres pour que les lettres, ou qui que ce fût, ne pût parvenir jusqu'à moi ; du moins je me plaisais à le croire ; il m'était trop pénible de penser que Sidney ne fit aucune démarche pour découvrir ma retraite. Je me flattais qu'il l'apprendrait enfin, et qu'il déterminerait mon père à nous unir. C'était en vain que je m'étais flattée ! Les jours s'écoulaient, mon chagrin augmentait en pensant que mon père

allait arriver. Il vint en effet, résolu à
terminer mon mariage dans la maison
même de ma tante, pour plus de sû-
reté : j'eus le courage de résister à ses
menaces et à ses prières ; car il
employait tour-à-tour l'un et l'autre
moyen, et toujours inutilement. Je
refusais, avec la même force, de recevoir les visites de Manchester, dès
qu'il paraissait, je fuyais, espérant
qu'il se rebuterait.

Je luttai pendant trois mois contre
tous leurs efforts ; mais mon père me
jura que Sidney n'avait pas été sensible (comme il l'avait craint lui-même)
à la rupture de notre mariage, et que,
n'ayant pas même insisté pour me
voir, il le présumait déjà engagé ailleurs. Ne pouvant croire mon père
capable de me tromper à ce point, et
persuadée de n'avoir aimé qu'un ingrat, je cédai à leurs importunités. En

N 3

donnant ma main à Manchester, je
pris avec moi-même la ferme résolution de bannir de ma pensée le souvenir d'un homme qui avait perdu mon
estime, de remplir strictement les de-
voirs que je venais de m'imposer, et
de prouver à mon époux, que si mon
cœur avait été à un autre, je desirais
sincèrement qu'il ne fût plus qu'à lui.
J'y serais parvenue sans doute si j'eusse
trouvé plus de douceur dans les liens
que j'avais formés.

Peu de temps après notre mariage,
Manchester m'emmena dans cette terre
pour y passer quelques mois ; mon père
nous accompagna. Je quittai avec plaisir la maison de ma tante, espérant,
qu'éloignée de tout ce qui pouvait me
rappeler des souvenirs que je voulais
bannir, je retrouverais enfin ce calme
que mon cœur n'avait encore pu éprouver, calme qui m'était si nécessaire

pour me soumettre à mon sort. C'était
en vain que je m'appliquai à gagner
l'estime et la confiance de mon époux.
Il donnait à toutes mes actions une
fausse interprétation. Etais-je gaie ?
C'était une feinte pour lui faire croire
que je ne pensais plus à son rival ; si
quelques personnes de Londres venaient nous voir , il avait toujours l'air
inquiet ; si je parlais bas, c'était pour
m'informer de Sidney. Mon père vit
bientôt à quel homme il avait livré sa
fille, malgré le soin que je prenais de
cacher mes larmes et d'en effacer jusqu'aux traces, lorsque je sortais de ma
retraite. La bisarre humeur de Manchester m'avait réduite au point de
ne sortir de mon appartement que
lorsqu'il n'y avait pas d'étrangers ;
j'étais esclave au point de n'oser paraître sans en avoir reçu l'ordre de sa
bouche.

L'hiver approchait ; mon père, qui s'ennuyait de la campagne, lui demanda un jour, s'il ne comptait pas bientôt retourner à Londres. Manchester me fixa avec une curiosité si active, qu'il semblait que ses regards eussent voulu pénétrer jusqu'à mon cœur. Mon père, voyant qu'il ne répondait pas, sans faire attention au trouble qui l'agitait, réitéra sa question. Il répondit d'une voix concentrée, qu'il avait de fortes raisons pour ne pas retourner à Londres. « Pour vous, Monsieur, ajouta-t-il, vous êtes le maître de nous quitter, si la capitale a des attraits pour vous. Quant à moi, quelque soit la peine que je souffre de l'indifférence de Milady, j'aime mieux.... » Il n'acheva pas, parut même fâché d'en avoir tant dit, et nous quitta sans rien ajouter. Mon père le suivit des yeux, et me dit,

en soupirant : que , si sa présence pouvait adoucir mon sort , il resterait avec
nous. « Non, lui dis-je, je ne vous deman-
derai pas un si grand sacrifice. Je sens
trop combien Manchester doit être un
séjour désagréable pour vous , et je
vous engage à le quitter avant que la
saison devienne plus rigoureuse. — Tu
y resteras bien , toi ? Ah , mon père ,
lui dis-je , vous devez croire que tous
les lieux me sont indifférents à présent ! » Un nouveau soupir lui échappe ;
des larmes mouillent sa paupière ! Je me
jette dans ses bras ; il cède à son attendrissement, et s'écrie : « Ma fille ! ma
pauvre fille, hélas , qu'ai-je fait ?.... »
Surprise de ces expressions , je le regarde en tremblant... Il ajoute : « Mon
enfant, tu as de la vertu , du courage ,
supportes ton sort avec résignation , et
pardonne à ton père d'avoir fait ton
malheur.... Sur-tout, ma fille , oublie

Sidney, ne le revois jamais. — Qui,
moi, revoir un homme, qui m'a aban-
donnée, qui m'a forcée, par son oubli,
à former des nœuds si mal-assortis ?
Ah ! Sidney est mon plus grand ennemi. — Pense toujours de même,
mon amie, ce sont des vœux que je
ne cesserai de faire pour toi... —Mais,
mon père, me croyez-vous capable de
nourrir un amour... — N'en parlons
plus, ma fille. Je vais me séparer de
toi; et je t'avoue que je partirais avec
moins de regrets, si j'étais assuré que
tu pût supporter les chaînes dont ma
malheureuse ambition t'a chargée!... »
Je restai interdite, son trouble était
visible ; il ne m'avait jamais, depuis
mon mariage, laissé voir qu'il eût des
regrets de l'avoir fait contre mes intentions.... Mille idées confuses rem-
plirent alors mon âme. Celle sur-tout
à laquelle je m'arrêtai le plus, était

que mon père m'avait trompé , que
Sidney n'avait point été infidèle ; que
c'était moi seule qui méritais ce reproche à ses yeux.... O ciel! s'il était
vrai.... pensai-je en moi-même.... Il
faut éclaircir mes doutes.... J'allais
tout employer pour lui arracher la vérité , lorsqu'on vint lui dire que Manchester le demandait. Je le priai de me
faciliter les moyens de l'entretenir avant
son départ : mais ce fut toujours ce
qu'il évita, et ce qui fortifia mes soupçons. Au moment de nous séparer, il
me pressa dans ses bras, avec une tendresse qu'il ne m'avait pas témoigné
depuis long-temps : ses adieux à mon
époux furent très-froids. Je m'apperçus
que Manchester en était offensé ; et
j'en souffris d'autant plus , que ne
pouvant faire tomber son humeur sur
celui qui en était l'auteur , il s'en prit
à moi , m'accusant d'avoir cherché à

attendrir sur mon sort, un père faible
et facile à séduire. — « Madame,
ajouta-t-il, ne croyez pas me tromper.
Je sais que vous regrettez Londres ;
que vous eussiez volontiers laissé un
mari que vous haïssez, pour y suivre
votre père. Avouez que vous l'aviez
chargé de me presser de quitter ce
séjour ? Vouloir le dissuader eût été
une peine inutile ; je rentrai chez moi,
sans lui répondre.

La plus douce joie succéda cependant
bientôt à tous ces orages ; je m'apperçus
que j'étais mère. Cette connaissance me
rendit ma tranquillité, fort altérée par
les doutes que mon père avait fait naître. « Ah ! m'écriai-je dans la joie de
mon cœur, que m'importe à présent
d'éclaircir ce mystère ? Je vais connaître l'amour maternel, et je sens déjà
que ce sentiment absorbe tous les autres, qu'il va faire mon bonheur. »

Ayant fait part à Manchester, de ma situation, je le vis partager mon yvresse. Dès ce moment, il devint tout autre à mes yeux : il ne quittait plus mon appartement ; et dans une saison où les visites étaient rares, nous ne nous apperçûmes pas de notre solitude. Jouissant d'une santé parfaite, me trouvant heureuse, j'avais repris mon mon premier enjouement. Si quelques nuages venaient encore obscurcir le front de mon époux, c'était en courant dans ses bras, en le pressant contre mon cœur, que je cherchais à les dissiper. La naissance de ton frère acheva de me persuader que mon sort allait être tout-à-fait heureux avec mon époux ; j'étais parvenue à adoucir son caractère impétueux. La plus petite chose, souvent même un caprice, faisait renvoyer un domestique, sans que rien pût le calmer ; depuis quelques

mois , il suffisait d'un mot de ma part ,
pour les faire rentrer en grace : chaque
jour je m'attachais davantage à un
homme qui devenait sensible aux peines
de ceux qui l'entouraient , et me prou-
vait sa tendresse , en faisant des heureux.

Mon bonheur était trop grand , il
ne put se soutenir ; à peine les beaux
jours furent-ils revenus, que toutes nos
connaissances arrivèrent à leurs mai-
sons de campagnes ; j'en fus charmée
pour Manchester , à qui je desirais un
peu de société : mais la province l'ennuyait, et il me dit un jour qu'il allait
faire un voyage à Londres. Ne présumant pas qu'il pût avoir le dessein de
me laisser à sa terre, je lui demandai ,
avec vivacité , si nous y resterions long-
temps ? Ma question le fit pâlir : il
hésita à me répondre. Devinant ce
qui se passait dans son cœur , déses-

pérée d'avoir réveillés des soupçons
aussi injustes, je crus pouvoir me justifier, en lui parlant de ma tendresse,
et de la persuasion où j'étais qu'il ne
pouvait desirer de nous voir séparés :
mais l'impression était donnée ; je ne
pûs la détruire. Il me repoussa loin de
lui, m'accabla de reproches, tous plus
injustes et plus outrageans les uns que
les autres, et auxquels je n'opposais
que le silence le plus profond. Je
croyais encore pouvoir le ramener à
la raison ; mais j'en perdis l'espérance,
quand il m'avoua que son projet de
voyage à Londres, était la dernière
épreuve où il m'attendait. « Si vous
eussiez, dit-il, cherché à me retenir
auprès de vous, au lieu de me témoigner si ouvertement votre desir de me
suivre, j'aurais pu croire à votre tendresse ? mais vous n'êtes qu'une femme
dissimulée..... Je suis las d'être votre

esclave ; votre empire est fini., Madame, et je vous préviens qu'à mon
retour, je ne veux plus trouver ici tous
ceux que j'en avais chassés : ils m'ont
cru, comme vous, capable de faiblesse ;
je leur prouverai qu'ils se sont trom-
pés. »

J'avais peine à croire ce que je n'avais
pourtant que trop entendu ; je me ré-
pétais, avec amertume : « Ces vertus,
dont je voyais avec tant de joie le dé-
veloppement ; cette bonté , cette hu-
manité pour ses fermiers , ses domestiques, quoi, tout cela était étudié?... »
Ah! le moment qui m'ôta mon erreur,
détruisit tout le repos de mes jours ; il
venait de perdre mon estime ; quels
sentimens pouvaient m'attacher à lui?
Il ne restait plus que le devoir , et il
devint de plus en plus pénible à remplir !

Je n'avais pu alaiter mon fils ; mais,
élevé

élevé chez moi, sa vue adoucissait mes
maux ; il avait atteint sa deuxième année : dans cet intervalle, j'avais peu
vu son père. Le mien étant dangereusement malade, fit dire à son gendre
qu'il desirait me voir avant de mourir ;
mon époux ne pût s'y refuser, et vint
lui-même me chercher. Il me conduisit
dans l'hôtel qu'il avait acheté lors de
notre mariage, et dans lequel j'entrai
alors pour la première fois. Ayant
voulu me rendre sur-le-champ chez
mon père, il m'y accompagna ; à peine
mon père me reconnut-il. Je ne pûs
cacher mon ressentiment d'avoir été
amenée si tard.... L'extrême faiblesse
du malade fit présumer à Manchester,
qu'il ne passerait pas la nuit, et qu'il
n'y avait aucun risque de céder au
desir que j'avais de la passer auprès
de lui ; il m'y laissa pour retourner
à son hôtel faire les arrangemens néces-

Tom. I.   O

saïres pour loger son fils et moi commodément, son départ précipité ne lui
ayant pas permis de le faire auparavant.

Sur le soir, mon père éprouva une
crise que le médecin jugea devoir être
favorable : elle le fut en effet ; il se
ranima entièrement, et m'ayant reconnu, il me tendit la main. « Ma
fille, me dit-il d'une voix faible, tous
mes vœux sont remplis, puisque je te
revois encore ; je pourrai donc mourir
dans les bras de ma chère enfant, et
en obtenir mon pardon. » Le médecin
recommanda les plus grands ménage-
mens pour son malade : retenant alors
ma vive curiosité, je lui fis comprendre
la nécessité du silence, en l'assurant
qu'il serait rendu à la vie. Cette promesse parut le flatter ; un doux som-
meil ayant succédé à la crise, la con-
valescence commença avec le réveil.

Je ne le quittai que le matin , en lui promettant de revenir dès que j'aurais pris quelques heures de repos , dont j'avais un grand besoin.

En rentrant à l'hôtel , un domestique me dit que son maître l'avait chargé de l'avertir de mon retour pour avoir des nouvelles. « Je vais lui en donner moi-même , lui dis-je , conduisez-moi à son appartement. « Le domestique m'annonce , et se retire. Manchester tire les rideaux avec vivacité , et me regarde avec une inquiétude , que la joie répandue sur mon visage aurait dû détruire sur-le-champ, si cette inquiétude n'eût été causée par un autre motif que la crainte de perdre un beau-père qu'il avait cru mourant. « Mon père m'est rendu, lui dis-je , en m'asseyant auprès de son lit. » J'entrai dans les détails de la nuit, et des suites heureuses qu'elle avait eü. Milord ,

pendant mon récit, avait toujours les
yeux fixes, et paraissait occupé de
toute autre chose de ce que je lui disais.
Il ne revint à lui, que lorsque je cessai
de parler.... « Allez prendre du repos,
Madame, me dit-il avec trouble, vous
devez en avoir besoin : nous irons ensemble, après le dîner, féliciter votre
père.

Avant de me coucher, je passai chez
mon fils, voulant l'embrasser et m'assurer qu'il n'était pas fatigué du voyage.
L'ayant trouvé levé et dans les bras de
sa nourrice qui le faisait jouer, je m'en
amusai quelque temps. En rentrant
chez moi, je vis une voiture qu'on pré-
parait ; j'eus la curiosité d'attendre
pour voir à qui elle était destinée ; je
vis bientôt Milord paraître dans la cour,
je remarquai qu'avant de monter dans
la voiture, il porta la vue à mes croisées ; j'avais eu la précaution, en le

voyant, de m'en éloigner assez pour
ne pouvoir en être apperçue ; j'eus un
pressentiment qu'il allait chez mon père
et je me promis bien de ne point lui
faire connaître mes doutes. Ayant peu
dormi, je fus en état de descendre pour
dîner. Milord était déjà dans la salle ;
il s'avança vers moi dès qu'il m'entendit ; me prenant la main, il me présenta à quelques amis qu'il avait engagé ; j'en reçus les complimens les
plus flatteurs, et je m'apperçus que la
vanité de Manchester en était satisfaite, par les égards qu'il me témoigna pendant le repas. Lorsque je me
retirai, il vint me reconduire jusqu'à
la porte, en me disant à demi-voix :
« Vous voyez que je ne peux vous tenir
la promesse que je vous ai faite ce matin ;
donnez vos ordres, Madame, et faites
mes excuses. » Il me fit ensuite une pro-
fonde inclination et rentra dans la salle.

Charmée de la permission que je
venais de recevoir, je me rendis auprès
de mon père, que je trouvai moins
bien que le matin. Ayant fait éloigner
les personnes qui étaient auprès de
lui, je demandai s'il n'avait pas été
satisfait de la promptitude que son
gendre avait mis à lui rendre sa visite...
La surprise et l'embarras se peignirent
sur son visage.... «Cessez de feindre,
lui dis-je en souriant, je n'ignore pas
que Milord est venu ici dès que j'ai été
rentrée. — Hé qui peut t'avoir donné
ce doute ?... — Ce n'en est point un;
avouez franchement que vous l'avez
vu, et je vous dirai à mon tour, comment j'ai su.... — Tu m'embarrasse...
Je vois bien que je ne peux te tromper :
mais que diable aussi, pourquoi a-t-il
exigé de moi et de mes gens le secret
sur sa visite, puisqu'il n'avait pas pris
la même précaution avec les siens? Je

lui avouai alors ce que j'avais remarqué, les doutes que son départ précipité de l'hôtel, m'avait fait concevoir
et la certitude où j'étais, que me laissant venir seule, il s'était assuré que
j'ignorerais qu'il m'eût précédé. « Ah !
s'écria mon père ! (avec un petit mouvement d'humeur) malheur aux femmes avec leurs ruses ; je m'y suis laissé
prendre..... Songez, Milady, que
vous pourriez vous repentir si votre
époux venait à savoir.... — Hé quoi,
mon père, quelle plainte est-il en droit
de me faire ? Pourquoi, tous deux,
mettez-vous votre étude à me tromper ?
Soyez plus sincère que lui ; ne me cachez plus un secret qui vous pèse, et
qu'il est essentiel pour mon repos que
vous me révéliez : je ne peux plus
douter que je n'aie été trompée. Si
vous avez pour moi encore quelque tendresse, de grace, ne me cachez plus

rien ! — Il me fixe avec incertitude....
Que me demandes-tu ? s'écrie-t-il en
soupirant. Je redouble mes instances...
« Ah ! ma fille ! me dit-il alors, il faut,
pour te soumettre au sort auquel je t'ai
livrée, et qui fait le sujet de ma peine à
présent, il faut, dis-je, ne plus revenir
sur le passé, ne plus jeter de regards
en arrière : crois-en un père qui t'aime,
et qui voudrait racheter ton bonheur
aux dépens de ses jours. »

Je dois, ma chère Nanine, te faire
remarquer les fautes dans lesquelles je
suis tombée, afin que tu les évites. La
vertu, le devoir, auraient dû me défendre d'une curiosité dont je prévoyais
d'avance que les suites ne seraient pas
favorables à mon époux. Je profitai du
peu de force que la maladie laissait à
un vieillard, (déjà trop faible par caractère) pour l'excéder de mes prières
réitérées ; il ne pût y résister, et céda
enfin

enfin à mon importunité, après avoir cependant exigé de moi la promesse que je ne ferais jamais connaître à mon époux qu'il m'eût révélé son secret, et il continua. « Vous vous rappelez, me dit-il, le bal où Manchester vous vit pour la première fois, vous fîtes naître dans son cœur une passion qui, jusqu'alors, lui était inconnue. Mais le même instant qui lui fit connaître l'amour, lui en fit sentir les tourmens; en apprenant de votre bouche que Sidney n'était pas votre époux, il jugea bien qu'il était votre amant, et il en conçut contre lui la haine la plus forte. Ayant obtenu mon consentement, nous nous réunîmes pour vous ôter tous les moyens de vous voir. Manchester me proposa de te faire quitter Londres à l'insçu de Sidney, et de te conduire chez ma sœur; (dont je lui avais dé-peint le caractère propre à nous secon-

der) ce fut lui qui, sous la livrée d'un
de mes domestiques, t'arracha de mes
bras ; je ne me sentais plus la force
de t'affliger, et sans lui tu ne partais
pas. Il t'accompagna et te remit lui-
même à ma sœur. A son retour, il
me parut très-mécontent de toi, sans
pour cela changer de résolution, puisqu'il me pressa de vous unir. Je ne
voulais rien précipiter, voulant te voir
et te parler encore en sa faveur, espérant de t'amener au point de l'épou-
ser sans trop de répugnance. Il n'y
avait pas de meilleur moyen pour y
parvenir, que de te faire croire Sidney infidèle. Ce fut aussi ce qui nous
réussit le mieux auprès de toi. Je dois
t'avouer ici qu'il n'en fut pas de même
auprès de ton amant ; j'eus beau l'assurer qu'éblouie du rang que t'offrait
Manchester, tu avais fait taire l'amour
et ne t'occupais plus que de ta pro-

chaine grandeur , en ajoutant même
que c'était librement que tu avais quitté
Londres, pour te rendre chez une parente de ton futur époux jusqu'au moment du mariage ; il me répondit avec
feu : « Cela ne se peut pas, Monsieur ;
je connais trop bien ma chère Nanine
pour ajouter foi à un tel rapport : jamais elle ne donnera sa main à un
autre , si on n'y employe la violence ;
d'après cette certitude , continua-t-il ,
ne soyez pas surpris si j'employe tous
mes soins pour la soustraire à votre
autorité. »

« Craignant que Sidney ne décou-
vrît ta retraite , j'envoyai chercher
Manchester pour me concerter avec
lui ; mais je ne lui eus pas plutôt fait
part de mon entretien avec son rival ,
qu'il me quitta : en vain je le suivis , je
l'appellai, il ne m'écouta plus et dispa-
rut. Réfléchissant alors aux suites que

mon indiscrétion pouvait avoir, je crus pouvoir la réparer en me rendant sans délai chez Sidney. Malgré ma diligence, Manchester m'avait prévenu, et on m'apprit qu'ils venaient de sortir ensemble : comme on ne put m'instruire du lieu où ils étaient allés; je rentrai chez moi rempli d'une inquiétude extrême. Deux heures s'étaient écoulées, pendant lesquelles j'avais envoyé alternativement chez l'un et l'autre, et.... il est mort, m'écriai-je! en laissant tomber ma tête sur le lit de mon père. » Je crus toucher à mon dernier moment ; mon saisissement fut si grand que je restai sans mouvement. Mon père crut devoir appeler du secours ; heureusement sa voix trop faible ne put être entendue, et je me remis. Il me pressa alors dans ses bras, en me disant : « Ma fille ! ma chère amie ! remets-toi de ton trouble !.... Je lui répondis en versant des larmes : « Pourquoi ne puis-je mourir? rejoindre..... —Que dis-tu, reprit vivement mon père ?. Sidney n'est pas mort; il parcourt en ce moment les pays étrangers. Calme-toi, rappelle ta raison, si je t'eusse cru. si faible, je n'eusse pas cédé à tes ins-tances. Avant de partir pour ses voya-ges, il vint me voir et me fit promettre de le justifier à tes yeux; je ne voulais qu'adoucir ta situation, en te décou-vrant qu'il méritait encore ton estime, et j'ai le malheur de me tromper tou-jours dans mes intentions. Je t'avertis que je ne t'en dirai pas d'avantage, et que je te défends de m'en parler jamais. — Mon père, je respecte vos ordres, lui dis-je; cependant il importe à mon bonheur de savoir s'il n'est pas de re-tour; je sens que je dois le fuir avec plus de soin que s'il eût été coupable. — Je ne peux te satisfaire, reprit mon

père ; mais sois tranquille sur ce point ;
ton époux ne peut l'ignorer, et il saura
te le faire éviter. »

Mon cœur était trop vivement ému
pour ne pas desirer la solitude : je
quittai mon père, en l'assurant que sa
condescendance n'aurait que des suites
heureuses pour mon repos.

Milord n'était point à l'hôtel quand
je rentrai; j'en éprouvai une secrète
joie. Je sentais que j'avais plus que jamais besoin d'appeler la vertu à mon
secours. Quand l'image de Sidney avait
quelquefois occupé ma pensée , j'avais
du moins un motif pour la bannir , en
me rappelant qu'il avait été infidèle.
« Mais à présent, me disais-je, qu'il
n'est que trop justifié, je n'ai plus que
mon devoir, et cette arme est bien faible! Heureusement qu'il est absent. »
Je ne pus, après cela, revoir Manchester sans trouble, mais il ne s'en

apperçut pas, et je repris enfin ma tranquillité.

Mon père fut rétabli assez promptement; il venait me voir souvent; nous évitâmes également de rappeler le passé. Je sortais peu ; lui et mon fils faisaient toute ma société. Manchester, livré à son ambition, s'occupait peu de moi : j'étais bien éloignée de m'en plaindre, puisqu'il ne pouvait être chez lui sans agir en despote. Eprouvait-il quelques désagrémens à la cour, c'était sur moi et ses domestiques que retombait son ressentiment ; je ne pouvais donc regretter son absence, ni desirer son retour.

Depuis long-temps déjà j'étais à Londres, et je n'avais été présentée, ni à la cour, ni même à la famille de mon époux, lorsqu'il me dit que c'était un devoir que je devais remplir ; je m'y soumis. Me voilà donc jetée dans

P 4

un monde nouveau pour moi ; les hon-
neurs que je recevais jaillissaient sur
mon père, qui en jouissait seul. Manchester, toujours inquiet, ne me perdait pas un instant de vue ; cette inquiétude n'avait point échappé aux
moins clairvoyans ; on se fit un plaisir
de le tourmenter ; je me vis bientôt
entourée d'adorateurs. La jalousie de
mon époux, ne pouvant être calmée
par la conduite réservée que je tenais
avec eux, je cessai de paraître à la
cour ; il n'y avait plus que sa famille
que je continuai de voir ; et de toutes
les femmes qui en faisaient partie,
Milady Carlile, sa cousine, était celle
que j'affectionnai le plus. J'obtenais
quelquefois d'aller seule chez elle : elle
était veuve, et peu répandue, préférant par goût une société peu nombreuse
qu'elle s'était choisie, au grand monde,
que sa naissance et ses richesses lui

eussent permis de rechercher. Son caractère aimable me la rendit de jour en jour plus chère, nos visites en devinrent plus fréquentes.

Il y avait plusieurs mois que nous nous étions liées de cette manière ; et, contre l'ordinaire de notre sexe, aucune confidence n'avait été la base de notre liaison. La conformité d'humeur et de goût l'avait uniquement formée. Un jour, qu'elle avait dîné avec moi, elle me proposa d'aller prendre le thé chez elle. J'y consentis ; au moment où nous nous disposions à monter dans sa voiture, Manchester rentrait. Il nous demanda où nous allions ? « Venez avec nous, lui dit en riant sa cousine, et je vous aimerai bien. » Il accepta ; la bonne humeur de Milady Carlile excita la sienne, et il devint aimable, même avec moi. Arrivés chez elle, une dispute s'élève entr'eux, à qui préparera le thé.

Chacun vante son talent ; et s'échauffe
pour ne pas céder ; Milady propose le
sort , il lui est favorable , et nous nous
taisons. Au moment où elle nous le servait, on vint lui annoncer une visite ; je
n'ai point entendu le nom des personnes
annoncées , mais je vois mon époux se
lever avec agitation. Au même instant,
Sidney paraît , et présente son épouse
à Milady : sa vue , l'ignorance où j'étais
de son mariage , tout cela réuni, fit sur
moi une si grande impression que je
poussai un faible cri , et perdis connaissance : (j'ai su depuis que j'avais
été long-temps dans cet état.) Quand
j'ouvris les yeux , je me trouvai dans
dans l'appartement de Milady : je la
fixai avec inquiétude et curiosité ; je
crus voir dans ses yeux de la pitié et
de l'effroi : j'allais l'interroger , lorsque
Manchester parut. Voyant que j'étais
en état de le suivre , il me prit par la

main , salua froidement sa cousine , et
sans me dire un mot , il me conduisit à
une voiture attelée de six chevaux de
poste : une de mes femmes , et le valet-
de-chambre de Milord étaient dedans.
Il m'aida à monter , referma la por-
tière , et dit au postillon de partir. Je
l'appellai pour lui demander mon fils ;
la voiture sortît de la cour , et je ne le
vis plus.

J'eus le temps de réfléchir à la bisa-
rerie de mon sort. Pourquoi cet homme
que je croyais si loin de moi , s'offre-
t-il tout d'un coup à mes yeux ? Tout
ne semblait-il pas fait pour augmenter
mon infortune ! Je ne pouvais me rappeler mon évanouissement , sans craindre les suites qu'il pouvait avoir eues :
que s'était-il passé , pendant sa durée ,
entre Manchester et Sidney ? Quelle
idée allait concevoir de moi son épouse !
Ces réflexions étaient accablantes ;

Milady Carlile pouvait à la vérité m'instruire. Mais, en me donnant ces éclaircissemens, n'eût-elle pas été en droit d'exiger une confiance entière de ma part ? C'était ce que je voulais éviter, j'en sentais la nécessité ; je pris donc la résolution de me soumettre à ma destinée, et de bannir toute curiosité.

Je fus conduite à Manchester, comme je l'avais prévu à mon départ. Dès le lendemain de mon arrivée, j'écrivis à Milord, non pour lui faire des excuses ; je savais trop qu'il ne pouvait y en avoir d'admissibles pour lui, mais pour le conjurer de m'envoyer mon fils ; il me répondit qu'il lui était trop cher pour s'en priver, et qu'une épouse perfide ne pouvait être une bonne mère ; prévoyant que j'insisterais, il ajoutait : « Il est inutile que vous me pressiez davantage ; vous savez combien je suis invariable dans mes résolutions. »

Il y avait près d'une année que j'étais
dans mon exil ; je n'y sentais d'autres
peines que l'incertitude où on me laissait sur la santé de mon fils et de mon
père. Toutes mes lettres à ce dernier
avaient été sans réponse ; avait-il donc
aussi l'injustice de me faire un crime
d'un accident involontaire ? Je n'étais
pas moins surprise que Milady Carlile
m'eût jugé assez sévèrement pour
n'avoir pas daigné m'écrire une seule
fois. Ma solitude n'eût point été désagréable pour moi, si j'eusse eu quelquefois des nouvelles des seuls objets
qui intéressaient vraiment mon cœur.
Un soir, assez tard, on vint, de la
part d'une dame étrangère, me demander l'hospitalité ; la nuit l'ayant
surprise, elle n'osait, disait-elle, aller
plus loin. Je ne crus pas devoir la refuser, et je donnai l'ordre de lui préparer un appartement commode. Je

me rendis auprès de l'inconnue; on
me l'avait annoncée comme française,
je la saluai dans sa langue, et lui témoignai le plaisir que je ressentais de
pouvoir lui être utile. Elle me répondit, en s'excusant de son importunité,
avec des graces et une politesse qui
m'enchantèrent. Je lui proposai de faire
servir le souper dans sa chambre, elle
l'accepta. J'envoyai ensuite dire qu'on
eût soin des gens de Madame la Mar-
quise, et qu'on nous servît le plutôt
possible. Un grand chapeau couvrait
presqu'entièrement le visage de l'aimable voyageuse; mais si je perdais
de ce côté, elle m'en dédommageait
par la finesse de son esprit. Comme
nous étions seules, et qu'elle me paraissait très-franche, je me permis de
lui demander le sujet de son voyage
dans notre île. Elle fit un grand éclat
de rire à cette question; et ôtant son

chapeau, elle accourut m'embrasser....
« Milady Carlile ! m'écriai-je..... » Eh
oui , ma chère amie , c'est moi.....
Vous m'eussiez vue plutôt ; je vous jure,
si votre fougueux de mari ne se fût
fâché à l'occasion de ce qui s'est passé
chez moi , et s'il ne m'eût caché
votre retraite. Me voilà venue pour
vous faire les plus violens reproches ,
et vous dire de vive voix ce qu'une
lettre ne vous eût que faiblement ex-
primé ; apprenez que je suis on ne peut
plus fâchée contre vous : quoi ! connaissant mon cœur, mon sincère attachement pour vous , deviez-vous me faire
un secret....? Est-ce une amie , celle
qui garde le silence pendant un an ?
voyons... pouvez-vous vous justifier? »

— Non , lui dis-je , j'avoue mes
torts ; mais contentez-vous de cet aveu.
— Pour ce soir , oui, reprit-elle, demain je vous préviens que j'en exigerai

d'autres...... Vous rougissez..... Et
pourquoi, mon aimable amie? C'est à
Manchester d'être honteux et non à
vous; je veux bien vous avouer que je
suis instruite de vos secrets, et que je
suis chargée de vous en révéler que
vous ignorez. »

Ce fut alors qu'il ne me fût plus
possible de cacher mon trouble. « Remettez-vous, me dit-elle; ce n'est que
demain que j'exigerai une confiance
entière, telle enfin que mon amitié
pour vous la mérite.» Je voulais qu'elle
s'expliquât dans le moment même,
sur ce qu'elle savait; je n'en pus rien
obtenir. « C'est à vous, me dit-elle, à
me faire la première une confidence
bien détaillée; je veux bien vous donner le tems de vous y préparer; c'est
tout ce qu'une coupable comme vous
peut espérer.» Je n'insistai plus.

Le lendemain matin, je fus éveillée
par

par ma pétulante amie. « Quoi! encore,
au lit, me dit-elle? Vous ne me res-
semblez guères ; il y a long-temps que
je serais debout, si comme vous j'avais
à entendre la justification d'un homme
qui m'eût été cher. — Ma chère et
très-chère Carlile, lui dis-je, ne me
dites rien..... Non, je ne veux rien
entendre. Vous m'aimez et vous voulez troubler mon repos en me rappelant..... Ah! de grace, pas un mot
sur lui..... Loin de vous prêter à ma
faiblesse, ne me parlez que de mon
devoir, que de votre parent, que j'of-
fense, en m'occupant de l'objet de sa
haîne ; ne me faites envisager dans la
jalousie de Manchester, que les effets
d'un amour excessif qu'il ne peut maî-
triser. Encore une fois, ma chère Milady, ne me rendez pas plus coupable
à mes propres yeux...... — Quelle
sévérité!.... J'ai donc bien fait d'em-

pêcher Sidney de venir lui-même ;
comme il le desirait.... — Sidney !....
O ciel, suis-je assez malheureuse !
m'écriai-je ; c'est ce funeste évanouissement qui m'a perdue ! Il n'a vu en
moi qu'une femme faible, nourrissant
pour lui un amour criminel. Ah Sidney !
Sidney ! si en perdant ton estime, je
t'ai fait naître l'envie de me revoir,
que dois-je penser de toi ?.... Aurais-
tu le projet de me séduire ? Si tu ou-
blies les nœuds qui me lient, pense
qu'une autre a ta foi, qu'elle doit avoir
ton cœur..... » En vain mon amie
cherchait à me calmer, je ne l'écoutais
pas. Livrée au désespoir, mes larmes
coulaient avec abondance. Je repous-
sais Milady comme ma plus grande
ennemie ; mes regards se portaient sur
elle avec effroi ; et je ne les détournais
que pour laisser éclater ma douleur
avec plus de force.

Cette sensible amie ne me pressa
plus de l'entendre ; et quittant ma
main , qu'elle tenait serrée dans les
siennes, elle fût s'asseoir à l'autre extré-
mité de mon appartement. Surprise de
son action, je revins à moi-même , et
je la rappellai. Elle ne vint pas , ne
répondit pas même à mes instances. Je
me hâtai de passer une robe, et courant
à elle , je la trouvai dans les larmes.
« Qu'avez-vous, lui dis-je ? — Cruelle
femme, est-ce là la récompense de mon
amitié, de mon dévouement !.... En accusant Sidney, ne m'accusez-vous pas
d'être sa complice ? Pourquoi augmenter
vos peines , en ne voulant voir dans vos
amis que des êtres vils cherchant à vous
rendre coupable , quand ils ne veulent
vous donner que des consolations ? » Je
sentais la vérité de ces reproches....
Non, chère amie , non, m'écriai-je , je
ne peux douter de la pureté de vos inten-

Q 2

tions ; mais que devais-je penser du projet de Sidney ? N'avait-il pas droit de me surprendre et de m'alarmer ? Vous, la parente de Manchester, devenue l'amie, la confidente de Sidney ; comment pénétrer cette énigme ?

— J'étais venue dans l'intention de vous l'expliquer ; mais je dois me taire : tout vous alarme, tout vous paraît criminel ! Je n'avais pas, je vous assure, envisagé mon message sous ce point-de-vue ; vous devez me rendre la justice de croire que je ne m'en fusse pas chargée ; je ne vois, dans Sidney, qu'un homme estimable et malheureux, quand votre imagination trop active, vous le montre comme un séducteur. Laquelle de nous deux sait le mieux le juger ? J'en appelle à votre raison et à votre cœur....

— Ah ! ma chère amie, jamais juge ne serait plus récusable ! vous ne connaissez pas toute sa faiblesse ! Je sens qu'il

n'est plus en mon pouvoir de me taire
avec vous , et encore moins de me
refuser à vous entendre ; vous m'avez
amenée au point de vous presser moi-
même de recevoir l'aveu des peines
que je renferme dans mon sein depuis
quatre ans, et qui demandent à s'épancher dans celui d'une amie. » Milady
m'embrassa en signe de pardon, et me
pressa de la satisfaire.

Je lui dévoilai mon ame toute entière ; elle connût toute la force d'un
penchant que je n'avais pu détruire. En
lui répétant ce que j'avais appris de
mon père, je lui dis aussi que je n'avais
pu douter qu'il ne m'eût caché quelques particularités. » Je n'ai point depuis cherché à les connaître , dans la
crainte de lui causer de la peine. Il ne
me reste plus qu'à vous rappeler l'évènement qui s'est passé chez vous, et
à vous assurer que j'ignorais devoir y

retrouver celui que mon cœur et ma
raison me disaient de fuir. C'est cette
ignorance même qui a causé cette ré-
volution si subite, dont le souvenir fait
encore mon tourment. Dites-moi, à
votre tour, quelles en ont été les suites?
je les ai toujours ignorées.

— Ma chère Manchester, me dit
Milady Carlile, Sidney, à ce qu'il m'a
dit depuis, n'avait remarqué, en entrant
chez moi, ni vous, ni votre époux. Vous
pouvez vous rappeler en effet que, dès
qu'il me fut annoncé, je m'empressai
d'aller au-devant de lui. A peine eus-je
le temps de le saluer, que toute mon
attention fut reportée sur vous; le nom
de Sidney vous échappa avec un accent
douloureux; il vous reconnut, oublia
toute prudence; et, dans l'égarement
de l'amour, il vous pressa dans ses
bras avec transport, en vous donnant
les noms les plus tendres. Vous y étiez

insensible; mais Manchester, furieux,
vous arracha des bras de son rival, et
vous emporta. Et où allez-vous, lui
criai-je ? — Loin de ce monstre, à qui
je devrais percer le cœur..... Confiez-
la à mes soins, lui dis-je éperdue, et
en lui ouvrant mon appartement. Il
vous jeta sur le lit, plus qu'il ne vous
y déposa, et rentra dans le sallon : je
le suivis précipitamment. Madame Sidney cherchait à entraîner son mari; il
se refusait à ses instances, et paraissait
peu ému du courroux de votre époux,
qui, les yeux en fureur, parcourait le
salon, et semblait y chercher quelques
armes. Sidney suivait tous ses mouvemens, et soupçonnant son intention,
il lui dit, avec ironie : « Milord, je n'ai
pas oublié que vous savez assassiner
un adversaire sans défense ; je pourrais me venger, j'ai une épée, et vous
n'en avez pas ; mais quelques graves

que soient vos torts avec moi, je veux
bien encore me fier à votre loyauté :
dans quelque lieu qu'il vous plaise m'as-
signer un rendez-vous, je m'y trouverai,
et sans témoins, si vous le desirez.

Je ne peux vous rendre la surprise
où je fus, lorsque j'entendis votre époux
lui répondre à demi-voix, et d'un ton
humilié : « On ne se déshonore pas deux
fois, quand on a connu le remords ;
j'espère que vous vous contenterez de
cet aveu pour satisfaction. » Sidney
s'inclina pour toute réponse. Manchester rentra auprès de vous, et les deux
époux prirent congé de moi, en vous
recommandant à mes soins. Je vous
avouerai que la femme de Sidney me
parut alors ou bien froide pour son mari,
ou bien généreuse pour une rivale encore adorée, et je sentis bien que j'eusse
été incapable d'une telle générosité, si
j'eusse été à sa place.

Je

Je vous retrouvai dans le même état ;
Manchester , en me voyant, se leva ,
et me dit, d'un air sombre : « Madame,
faites-la revenir ! Je vais, pendant ce
temps, donner mes ordres pour la faire
transporter commodément. » **Et il**
sortit.

Après deux heures d'anéantisse-
ment , vous r'ouvrîtes les yeux ; je ne
pus vous parler , votre époux ayant
paru , et vous ayant emmenée , malgré votre faiblesse , et mes instances
pour vous garder encore.

Quelle colère ne ressentis-je pas
contre Manchester , lorsque regardant
dans la cour , je vis que cette voiture
commode, dans laquelle il vous faisait
monter , n'était autre qu'une voiture
de campagne, pour vous conduire dans
quelque lieu éloigné de vos amis !
Voyant qu'il ne vous accompagnait
pas , je lui fis dire que je desirais le

Tom. I.   R

voir ; mais je ne sais quels soupçons
cet homme bisarre s'était formés de
notre amitié ; il me fit répondre qu'il
ne me reverrait de sa vie, et qu'il per-
mettrait encore moins toutes liaisons
entre nous deux. J'en fus piquée, je
vous l'avoue ; et loin de chercher à le
ramener, je l'évitai avec soin. Il n'en
fut pas de même des Sidney ; j'avais
été plusieurs fois chez eux, et je n'avais
jamais pu les y trouver ni l'un ni l'autre. Comme la curiosité entrait pour
quelque chose dans mes visites, je ne
me rebutai pas, et chaque fois mon
nom était écrit. J'espérai par-là que,
voyant mon desir de les revoir, ils auraient l'honnêteté de revenir chez moi,
et je ne fus pas trompée dans mon
attente. Madame Sidney se fit annoncer, après avoir pris la précaution de
s'informer si j'étais seule ; je la reçus
avec amitié. Elle fut la première à me

demander de vos nouvelles. Je lui dis franchement ce qui s'était passé entre Manchester et moi , et l'ignorance où j'étais de votre sort. « Ah ! Milady , me répondit-elle avec la plus grande sensibilité , doit-on abandonner ainsi une amie ? De qui peut-elle recevoir des consolations ? Aimable et malheureuse Manchester , que je vous plains ! » et ses yeux se mouillèrent.

Ma surprise fut extrême; elle vous plaignait et paraissait même vous aimer : quoi ! l'épouse de Sidney aimer sa rivale !.... Ma tête se monta alors, l'enthousiasme s'en empara ; cette femme me parut être au-dessus de toutes les autres. Je ne pus lui cacher plus long-temps combien ses sentimens m'inspiraient d'admiration. « Milady , me dit-elle, avec un faible sourire, peut-on, avec un cœur sensible , ne pas être touchée des peines des autres ?

R 2

Ah ! si Milady Carlile eût aimé ! si
elle eût connu le malheur !.... Je ne
lui paraîtrais plus une femme extraordinaire, au-dessus des faiblesses de mon
sexe : elle éprouverait ce que je sens,
si elle était à ma place ! » Comme je
lui marquais du doute, elle ajouta :
« Je ne veux pas me parer à vos yeux
d'une fausse vertu, et je dois vous dire,
Madame, que ce n'est point au sort
d'une rivale que je m'intéresse : comme
épouse de Sidney, ma vanité seule eût
pu être offensée ; (car souvent elle pardonne moins que l'amour) mais notre
union n'a point été celle de deux cœurs
entraînés l'un vers l'autre par un doux
penchant. Ce fut deux amis également
malheureux, qui se lièrent pour se
consoler mutuellement ; voici notre
histoire en deux mots.

Sidney, après le mariage de Manchester, ne pouvant plus supporter le

séjour de Londres , vint chez un oncle qu'il avait à Bristol, et dont j'étais la pupille. J'étais alors prête à m'unir à un amant adoré. Les peines de Sidney étaient trop vives, pour lui permettre d'assister aux fêtes , dont il voyait les préparatifs pour mon mariage ; il nous quitta pour passer en France. Il ne rentra dans sa patrie qu'après deux ans d'absence et aussi triste qu'à son départ. Je ne pus, en l'embrassant , retenir mes larmes, mes sanglots , et je m'enfuis précipitamment. Il s'adressa à mon tuteur pour en savoir la cause ; il apprit de lui que mon amant , le lendemain de son départ, était tombé dangereusement malade, et que le jour qui avait été fixé pour notre mariage, était devenu celui de sa mort. » Depuis ce temps, ajouta son oncle , elle est inconsolable, et ta vue a sans doute rappelé à sa mémoire un amant que je m'efforce en vain de lui faire oublier : peut-être serais-tu plus adroit que moi, si tu voulais en tenter les moyens. » Sidney, touché de mon malheur, promit à son oncle de le seconder. Il ne chercha point à combattre une passion dont il sentait lui-même tout le pouvoir ; mais il parvint à adoucir mes regrets en partageant mes peines, et en mêlant ses larmes aux miennes. Nous passions les jours à nous entretenir des objets de notre tendresse ; nous y trouvions une sorte de douceur, qui nous portait à nous rechercher sans cesse.

Mon tuteur, qui attribua notre liaison à un autre motif, en fut si content que nous ayant fait appeler un matin, il nous conduisit dans son cabinet ; nous présentant alors deux contrats : « Tenez, mes amis, nous dit-il en riant, voilà votre contrat de mariage, et l'acte de donation de tous mes biens, que je vous fais en faveur de votre union. »

Il s'attendait à la reconnaissance la plus vive ; mais jugez de son étonnement, quand il nous vit tous deux froids et immobiles..... « Eh qu'avez-vous donc ? s'écria-t-il.... Je vous rends heureux ; je vous donne mon bien ! que vous faut-il de plus ? »

Nous lui jurons alors l'un et l'autre, qu'il s'est mépris sur nos sentimens ; qu'ils sont toujours les mêmes ; que nous n'avions eu d'autre but dans nos entretiens que de nous consoler mutuellement..... » Eh bien, nous sommes d'accord, reprit-il en riant. En vous mariant ensemble, c'est aussi votre consolation que je cherche. » Nous voulons nous défendre, il s'emporte, et nous donne trois jours pour tout délai.

Le second jour, Sidney me fit de-

mander un entretien ; je ne l'avais pas
vu depuis la proposition de son oncle ,
et j'avais senti une privation que je
ne pouvais me dissimuler..... « Miss ,
me dit-il , mon intention est de remplir les volontés de mon oncle ; puis-je
me flatter de trouver dans ma femme
la même indulgence , la même complaisance qu'avait pour moi mon amie ?
Je lui fais aussi le serment de ne point
gêner ses sentimens. Croyez - moi ,
Miss , ajouta-t-il , quelque malheureux que nous puissions être , nous le
deviendrions encore davantage en nous
séparant. » Je lui tendis ma main , et
nous fûmes unis..... Dites-moi , à
présent , Madame , poursuivit-elle , si
vous croyez toujours que l'épouse de Sidney puisse haïr Milady Manchester ? »

J'étais trop pénétrée de la confiance
qu'elle venait de me témoigner , pour
ne pas laisser éclater ma reconnaissance,

en lui montrant le plus vif desir de
m'unir à elle par le plus sincère attachement. Je me sentais en effet portée
à l'aimer; et dès ce moment, je sou-
haitai son amitié, comme une chose
nécessaire à mon bonheur. Je lui ré-
pétai ce que je lui avais déjà dit sur
l'ignorance où j'étais à votre égard;
que l'évènement qui s'était passé chez
moi, était le premier et seul indice que
j'eusse de votre attachement pour
Sidney.

« Ah ! Milady ! pardonnez, me dit-
elle, la vivacité des reproches que je
me suis permis de vous faire ; je vous
croyais instruite.... Je sens mes torts ;
mais je n'ai pas le droit de vous faire
une confidence que Milady Manchester a cru devoir vous taire : ne l'en
aimez pas moins, Madame ; cherchons
ensemble les moyens de lui être utiles :
sa vertu, sa résignation, méritent

notre estime. Sur-tout tâchez de découvrir sa retraite , et faites-moi l'amitié de m'en instruire ; vous ne sauriez
croire combien vous m'obligerez. » Nous
nous séparâmes en nous promettant de
nous voir souvent.

— Chère Carlile, m'écriai-je ! quel
plaisir je goûterais , s'il m'était permis de voir cette femme sensible ! Je
sens que je l'aimerais comme ma sœur...
— Et à moi, me dit-elle en m'embrassant , me conserveriez-vous encore une
petite place dans votre cœur? » Je n'eus
pas de peine à l'en persuader. Je l'en-
gageai à continuer un récit auquel je
m'intéressais de plus en plus.

« Je ne tardai pas à me rendre chez
Madame Sidney ; son époux y était. Ils
me reçurent avec une franchise si na-
turelle , qu'elle excita la mienne : je
leur prouvai que si le sang me liait à
Manchester , je n'en étais pas moins

dévouée par le cœur à son épouse.
Cet aveu parut faire le plus grand plaisir à Sidney. Cet homme, que vous
avez si injustement accusé dans un
moment de délire, me remercia avec
toute l'expression du sentiment, de
vous avoir conservé mon amitié, et il
ajouta : « Puisque nous l'aimons tous,
il faut sacrifier notre propre satisfaction à son repos, et sur-tout à sa réputation. Vous nous avez dit, Madame, que vous ne revoyiez plus votre
parent, parce qu'il avait conçu d'odieux
soupçons sur vous ; ne se tourneront-
ils pas en certitude pour lui, s'il ap-
prend que vous nous venez voir ? Ce
n'est pas les tourmens qu'en éprouverait Manchester, que je redoute :
mais la plus aimable femme en souf-
frirait, et c'est ce qu'il faut éviter. Je
suis déjà assez malheureux d'avoir
perdu son estime ! Je ne veux pas

qu'elle ait à m'accuser d'augmenter
ses maux. Ne croyez pas cependant ,
Madame , que je veuille renoncer au
plaisir de vous voir ; il ne s'agit que
d'avoir un endroit où nous puissions
nous rendre avec le plus de secret
possible. » J'approuvai sa proposition ;
nous prîmes des précautions si justes ,
que Manchester n'en a jamais eu le
moindre doute.

S'ils ne pûrent devenir ma seule société , ce fut au moins celle qui me
convint le plus. La douceur de leur
union me charmait, et je ne pus m'empêcher de leur dire un jour : « Comment se fait-il que des époux unis par
l'amour , se lassent si promptement
de leurs chaînes, tandis que , toujours
calmes , vous passez vos jours dans
une douce paix qu'ils ne peuvent pas
conserver ? » Ils me répondirent :
« L'estime, la confiance et l'amitié

ont formé nos nœuds ; et , s'il nous était possible d'oublier nos premiers engagemens , nous serions parfaitement heureux ».

— Ah ! si Manchester eût voulu , dis-je à Milady Carlile , vous trouveriez ici un bon ménage. Pourquoi me force-t-il toujours à rappeler un temps qui n'est plus, et qui ne reviendra jamais ! Cependant puisque Sidney est heureux , je ne veux plus me plaindre , ni vous interrompre ; continuez., ma tendre amie.

— Je savais que votre mari ne quittait point la cour , qu'il ne sortait de Londres que pour accompagner le Roi. J'appris aussi que , dans votre hôtel , le secret était si bien gardé , que personne n'entendait parler de vous , et que le valet-de-chambre de Milord excepté , tous les autres domestiques ignoraient où vous étiez. Sidney me conseilla d'aller voir votre père : je m'y rendis sur-le-champ, dès que je lui eus fait part de la tendre amitié dont nous avions été liés, et des tentatives que j'avais faites pour vous retrouver, sans avoir pu y parvenir ; j'ajoutai qu'il n'y avait plus que lui de qui je pûsse avoir des éclaircissemens, je le vis alors fondre en larmes, et s'écrier : « Hélas, Madame, depuis qu'elle a disparu de Londres, j'ai vainement sollicité, pressé son mari de me donner de ses nouvelles : il entre en fureur dès que je lui en parle. Je l'ai soupçonnée long-temps d'être à Manchester ; mais à présent je ne sais plus qu'en croire, puisque toutes les lettres que je lui ai écrites ont été sans réponse. Si mes forces me l'eussent permis, j'aurais visité toutes les terres de mon gendre, et je n'attends que le retour du printemps, pour entreprendre un voyage nécessaire à mon repos. Ma fille ne peut être coupable ; je connais la jalousie de son époux ; il m'est bien cruel de ne pouvoir la consoler !..... » Son cœur était oppressé ; je le consolai, en l'assurant que, sous peu, j'espérais avoir des nouvelles certaines.

Je vins retrouver mes amis ; ils s'apperçurent à mon extérieur, que je n'avais rien d'heureux à leur dire. Je voulais entreprendre le voyage dont votre père m'avait parlé ; Sidney m'en montra l'inconvénient. Votre époux pouvait l'apprendre, et m'ôter les moyens de vous rejoindre, en vous faisant quitter votre retraite pour passer à une autre, jusqu'à ce que rebutée, je revinsse à Londres. « Permettez-moi, ajouta-t-il, d'envoyer mon valet-de-chambre, qui est un garçon sûr et intelligent, d'abord à Manchester ; si elle n'y est pas, il

continuera ses recherches... — Oui,
oui, m'écriai-je, faites-le partir, et
ne perdons plus de temps.

Il reçut l'ordre de ne point se montrer à vos yeux, et d'éviter de se faire
connaître pour appartenir à Sir Sydney, dans la crainte que vous ne vous
trouvassiez offensée de voir un de ses
gens chez vous. Ce jeune homme rem-
plit sa commission avec exactitude, et
ne tarda pas à revenir nous rendre la
joie et l'espérance. J'étais chez moi
quand il arriva, et dès le soir même,
Monsieur et Madame Sydney me l'a-
menèrent. Il me dit vous avoir vue passer dans le village, vous rendant chez
un de vos fermiers, dont la femme était
malade ; un domestique vous suivait,
portant un paquet sous son bras, et
qu'il avait présumé que c'était quelques
secours pour ces bonnes gens. — Et
comment vous a-t-ellé paru, deman-
dai-je

dai-je vivement ? «Extrêmement pâle et abattue ». Le domestique se retira. » Je veux aller la voir, la consoler, dis-je à mes amis : sans doute elle m'accuse au moins d'indifférence ?.... Ah! si elle m'eût écrit.... — Mon ami, dit Madame Sidney à son mari, accompagnons Milady, elle prendra des précautions pour que nous ne soyons connus que de son amie. — Sidney balança, il était facile de voir que son cœur était d'accord avec l'avis de sa femme ; mais après un moment d'incertitude, il s'écria.... «Non, non, elle ne voudra pas me voir ! il ne faut pas l'espérer.... Pourquoi, lui dis-je, refuserait-elle de recevoir un ami, un sincère ami comme vous ? Lorsque je l'aurai prévenue, lorsqu'elle saura que ce n'est pas comme amant que vous réclamez cette faveur, et qu'elle ne craindra plus l'œil jaloux de son époux,

Tom. I.   S

elle ne résistera plus. — Ah ! Madame ; vous ignorez la prévention où elle doit être contre moi. Vous ne savez pas que pour la conduire à l'autel , Manchester et son père , m'ont fait passer à ses yeux pour un ingrat, qui n'avait rien fait pour la retrouver : que sais-je s'ils ne lui ont pas dit que j'étais infidèle, qu'une autre avait mon cœur et ma foi ? Je la connais , elle n'aura cédé qu'à la certitude de n'être plus aimée. Il faut que je sois justifié avant de hasarder une démarche qui me mettrait au désespoir, si elle ne réussissait pas.

Son épouse demanda à se charger de le justifier à vos yeux , et de m'accompagner ; je m'y opposai. Elle croit être enceinte , et je n'ai pas pensé qu'il fût prudent de risquer un voyage dans son état. Reposez-vous sur moi , leur dis-je , je remplirai vos intentions avec tout le dévouement que vous devez attendre de mon amitié. Ne me laissez rien ignorer de tout ce qui vous touche, et je ferai valoir vos raisons de manière à ce qu'elle vous rende une estime que vous ne deviez jamais perdre. — Oui, généreuse amie, me dit Sidney en soupirant, oui, ce n'est plus le cœur que je réclame. Dites-lui que j'ai tout employé pour toucher son père, et que j'aurais sans doute réussi à connaître sa retraite et à l'enlever à un rival odieux, si Manchester n'eût découvert mon projet. Il se rendit chez moi, et me proposa de nous la disputer par les armes, et non par la ruse. J'acceptai sa proposition. Arrivés dans l'endroit convenu, nous y laissons nos chevaux, et nous nous éloignons de toute habitation. Le combat s'engage avec une égale ardeur ; Manchester, las de la défense que je fais, devient fu-

rieux. Il me pousse avec tant d'impé-
tuosité , que j'ai peine à parer ; mon
épée se rompt, il ne me reste que le
tronçon, il me perce et je tombe. Mon
domestique accourt , et voit Manchester me plonger de nouveau son
épée dans le sein. « Lâche ! lui crie-
t-il , vous assassinez mon maître ? » Le
pauvre garçon se précipite vers moi ,
et s'empresse de me donner des secours. Je n'avais point encore perdu
connaissance ; et recueillant le peu de
force qui me restait , je portai la vue
sur mon rival ; il était à genoux auprès
de moi, pâle, tremblant , il aidait à
panser mes blessures. » Vous m'avez
immolé à votre rage , lui dis-je , je
pourrais vous perdre ; mais je serai
généreux : promettez - moi seulement
que vous attendrez ma parfaite guérison , ou ma mort , avant de vous
marier. » Il me le jura. Je fis pro-

mettre à mon domestique le plus profond silence sur les détails du combat. Manchester me quitta , en me disant qu'il allait m'envoyer des secours , et en effet plusieurs hommes , avec une litière à bras , parurent bientôt. Dès qu'ils eurent fait quelques pas , les secousses que j'éprouvais me donnèrent des douleurs si vives , que je m'évanouis : ce ne fut que lorsqu'on sonda mes blessures que je r'ouvris les yeux, pour les refermer aussi - tôt. Je fus long-temps en danger ; et quand il fût passé , ma faiblesse était si grande , qu'à peine je me rappelai la cause de ma maladie. Lorsque mes idées furent plus distinctes , je fis demander le domestique qui m'avait accompagné ; on me dit qu'il n'avait pas reparu depuis environ un mois : je présumai que Manchester , avait voulu s'assurer du secret en se l'attachant. J'envoyai prier

Milord de passer chez moi , on me
rapporta la nouvelle la plus allarmante
pour mon cœur ; depuis deux mois il
était à la campagne. J'éprouvai un
saisissement qui m'eût été funeste , si
je ne me fusse rappelé le serment qu'il
m'avait fait d'attendre mon rétablisse-
ment. Il se passa encore quinze jours
avant que je pusse sortir ; dès que
j'en eus la force , je me fis conduire
chez le père de Milady. « Monsieur ,
me dit un domestique , est depuis le
mariage de sa fille , dans une terre de
son gendre. A peine entendis-je ces
derniers mots , je rentrai chez moi
pour y éprouver une longue et dou-
loureuse maladie. Il y avait des instans où je me promettais d'aller atta-
quer un rival , bien plus odieux depuis
qu'il avait abusé de ma bonne foi :
mais aussi , en lui perçant le cœur , je
me fermais pour toujours celui dans

lequel je voulais vivre , du moins par
l'estime , je me décidai alors à quitter
ma patrie ; mais je desirais , avant
mon départ , me justifier envers Madame de Manchester : j'appris que
son père était de retour , je fus le trouver. Il me reçut comme un ami , me
parla de sa fille avec attendrissement ;
me montra ses regrets , et me découvrit
enfin qu'elle n'était pas heureuse. Je
crus pouvoir le prier d'être mon mé-
diateur auprès d'elle , en l'assurant
que ce serait une consolation pour moi,
si en m'éloignant je pouvais espérer
qu'elle connût mon cœur : il me le
promit , mais il n'en a rien fait , puisqu'elle n'a pû supporter ma vue.

Voilà , très-chère Milady , continua Sidney , les détails que je voudrais qu'elle
connût ; me promettez-vous de les lui
faire ? — Je lui en donnai l'assurance ; et
en prenant congé de ces aimables amis,

je leur promis un prompt retour. »

Mon amie avait cessé de parler ; je gardais le silence ; ce qui se passait dans mon cœur ne peut se rendre ; tant de mouvemens à-la-fois l'agitaient : les yeux fins et perçans de Milady semblaient vouloir y pénétrer et deviner ma pensée ; je ne pouvais lui parler ; je me jettai dans ses bras, et mes larmes baignèrent ses joues. — « Pourquoi ce trouble, ces pleurs, mon aimable amie ? me dit-elle..... N'éprouvez-vous donc aucun plaisir en voyant Sidney digne de votre estime ?

—Ah ! m'écriai-je ! c'est mon époux... c'est lui que je voudrais pouvoir estimer ?... Quoi ! cette main que j'ai reçue, elle était teinte du sang de Sidney.... C'est au moment où il était mourant par la main d'un rival que j'engageais ma foi à ce perfide qui nous trompait tous deux : ah ! chère et cruelle amie ! pourquoi vous ai-je écoutée ? »

Milady

Milady Carlile me laissa pleurer, me plaindre de ma faiblesse de lui avoir cédé sans chercher d'abord à me ramener; mais après avoir passé trois jours avec moi, et voulant avoir une réponse conforme à ses desirs; elle me pressa de nouveau de recevoir la visite de Sidney et de son épouse. Je m'y refusai obstinément; elle en prit de l'humeur, et me demanda ce que je lui permettais de leur dire.

« Que j'accepte avec joie et reconnaissance l'amitié qu'ils me promettent: tout mon desir serait de le leur dire de vive voix ; mais mon devoir s'y oppose; je dois le suivre, et me contenter de l'assurance qu'ils m'en donneront quelquefois. Tout ce que je peux me permettre, c'est de répondre aux lettres que Madame Sidney voudra bien m'écrire. » Nous nous séparâmes, en nous promettant une correspondance

suivie entre nous deux. Elle devait
joindre à ses lettres celles que mon
père et Madame Sidney m'écriraient,
et me les envoyer par un exprès à qui
je remettrais mes réponses.

Peut-être, ma chère Nanine, vas-
tu juger sévèrement Milady Carlile,
d'après l'empressement qu'elle mettait
à me rapprocher de Sidney. Sans doute
sa conduite eût été blamable, si ses principes et ses vertus ne m'eussent été
connus. Mon amie n'était qu'inconsé-
quente ; elle croyait nous rendre plus
heureux en nous réunissant. Elle n'avait
jamais aimé ; elle pensait que l'amitié,
la froide amitié remplaçait l'amour,
quand la raison le voulait. Pour Madame Sidney, je ne peux la juger, je
ne l'ai pas connue ; mais je crois que
l'estime qu'elle avait pour son mari ne
lui permettait aucun soupçon sur ses
sentimens pour moi.

Pendant quelques mois, cette correspondance se suivit sans interruption;
mon père me marquait que ses tendres
amis allaient le voir souvent, le con-
solaient de mon absence et de l'oubli
où le laissait Manchester; que sa faiblesse était si grande qu'il perdait l'espoir de venir me voir.

Le terme de la grossesse de Madame
Sidney approchait; j'attendais de jour
en jour, et avec la plus grande impatience, l'exprès qu'on devait m'envoyer.
J'entends enfin les pas d'un cheval
sous mes croisées; je cours vîte au-
devant du courier; je vois le domestique
de confiance de Manchester. Mon
cœur se glace d'effroi. «Quel malheur
venez-vous m'apprendre, lui dis-je en
tremblant ?..... » Hélas ! Milady,
voilà une lettre de mon maître, elle
vous instruira : » Je me hâte de la lire;
il n'y avait que quatre lignes. Il me

faisait part de la mort de mon père, et m'annonçait qu'il viendrait peut-être me voir sous peu de temps. Je fus très-sensible à la perte que je venais de faire, et révoltée de la manière dont elle m'était annoncée. Manchester jugeait de mon cœur par le sien, et croyait que je ne devais envisager mon père que comme l'auteur de mes malheurs. Je renvoyai le domestique sans réponse ; je n'étais pas en état d'en faire une.

J'étais destinée sans doute à éprouver perte sur perte ; car peu jours après je reçus une lettre de Milady Carlile, qui m'apprenait que Madame Sidney était morte, en donnant le jour à un fils. « Voilà quinze jours, me marquait-elle, que nous avons perdu cette aimable amie ; j'aurais été auprès de vous dès ce moment, si je n'eusse senti que j'étais nécessaire à Sidney. Sa dou-

leur est extrême, et il a besoin d'une
amie qui la partage. Son fils se porte
bien, et l'attache à la vie. Il ne cesse
de dire que, dès que cet enfant pourra
soutenir un voyage, il passera en France,
et abandonnera pour toujours une patrie où il n'a éprouvé que des pertes
cruelles. Comme je suis libre et maîtresse absolue de mes actions, et qu'il
desire que je ne quitte ni son fils ni
lui, je viens de louer ma maison de
Londres, j'ai fait transporter mes effets
et ceux de Sidney à ma jolie maison de
campagne sur les bords de la Tamise,
parce que notre enfant y sera mieux
qu'à Londres. Je ne vous ai pas con-
sulté, mon amie, parce que vous m'au-
riez peut-être dit : « Et Manchester,
que pensera-t-il..... — Tout ce qu'il
voudra, ma chère amie : car tous nos
soins, toutes nos précautions, votre
patience, votre dévouement à ses vo-

lontés, à quoi tout cela a-t-il servi? En
est-il devenu plus raisonnable? Vous
en traite-t-il mieux? Je sais que non :
ainsi, ne pensons plus à cet homme,
que j'ai renoncé pour mon parent ;
mais pensez toujours à moi, à une amie
qui vous chérira toute sa vie. »

La mort de Madame Sidney fut un
nouveau chagrin pour moi, d'autant
plus vif que je présumai que mon mari,
en l'apprenant, ne pourrait ignorer que
Carlile s'était réunie à l'époux de cette
dame, et qu'il en prendrait un om-
brage qui prolongerait mon exil. Je ne
me trompai pas dans mes craintes ;
Manchester ne vint point comme il me
l'avait écrit ; je ne le revis qu'au bout
de trois ans d'absence, et lorsque Sidney et mon amie furent partis pour la
France. Je ne reçus plus de lettres
d'elle, dès qu'elle eut quitté l'Angleterre. Mon fils, que Milord m'amena,

me consola de cette privation. Avec quelle joie je l'embrassai ! On ne pouvait l'arracher de mes bras. Manchester, témoin de mes transports, les interrompit en me demandant comment il se faisait que le père d'un enfant si chéri me fût odieux? — Je ne sais si vous le pensez, lui dis-je, mais je vous jure que je respecte en vous l'époux que mon père et le ciel m'ont donné, et que la haine est inconnue à mon cœur. — Comment dois-je vous traiter? me dit-il ; regardez-moi en face.... — Je le fixai et lui répondis d'un ton ferme : « Avec la douceur qu'on doit avoir pour une femme qui n'a rien à se reprocher. »

Nous entrâmes dans une grande discussion, dans laquelle il mit beaucoup d'emportement, et moi le plus de calme qu'il me fut possible, pour lui prouver que je n'avais pas envie de le

tromper , et pour me rendre une sorte
de tranquillité , que je n'avais plus
depuis que j'avais vu Milady Carlile et
entretenu une correspondance avec
elle et l'épouse de Sidney ; enfin , pour
me justifier à mes propres yeux d'un
secret que je m'étais toujours reproché
intérieurement, je lui révélai le voyage
de mon amie , et je fus lui chercher
toutes les copies de mes lettres, ainsi
que les réponses que j'avais toutes
conservées.

Cette marque de confiance parut lui
faire plaisir. « Il y aura peut-être , lui
dis-je, dans les lettres de mon amie ,
quelques expressions qui pourront vous
déplaire ; vous verrez du moins par les
miennes, que je ne les ai pas autori-
sées. —Je vous en crois, Madame, et
je ne serai pas surpris de me voir traité
avec rigueur par Milady Carlile ; son
vieux mari était si soumis à tous ses

caprices, qu'elle croit que tous les hommes doivent être de même. Je l'ai toujours vue légère, étourdie ; mais elle vient de faire une inconséquence que je ne peux lui pardonner, et que peu de personnes approuvent. » Je vis bien qu'il voulait parler de son voyage en France avec Sidney ; mais je gardai le silence. Il mit toutes les lettres dans sa poche, et ce ne fut que deux jours après qu'il me les rendit. Il avait la physionomie riante : « Madame, me dit-il, je suis très-content de votre conduite; si vous voulez me faire un nouveau plaisir, vous brûlerez ces lettres, dont plusieurs renferment un nom que nous devons également oublier. » Je ne lui donnai pas le temps d'achever qu'elles étaient déjà dans le feu. Il vint m'embrasser, et fut me chercher mon fils que je n'avais pas encore vu ce jour-là.

Son voyage fut de six mois : il les
passa alternativement chez les amis qui
nous environnaient. Je puis dire que
ces six mois furent assez heureux pour
moi, non qu'il se contraignît, car il
me fallait toujours supporter ses em-
portemens, le voir chasser et reprendre
ses domestiques, me faire des reproches de ce que je conservais une mélancolie qui attestait que mon cœur n'était
pas guéri. Il n'était plus, il est vrai, en
mon pouvoir de la vaincre. J'y avais employé tous mes efforts ; elle m'était devenue habituelle par la longue solitude où
j'étais restée. J'étais grosse, lorsqu'il retourna à Londres, et je restai à la campagne. Elle me fut moins désagréable
que pendant les autres hivers, parce
qu'il m'avait laissé mon fils : je trouvai
d'ailleurs une amie dans la mère
d'Anna ; le ministre venait nous voir, et
ma solitude alors s'embellit à mes yeux.

Lorsque Manchester revint au printemps, tu étais née, et je te mis dans ses bras. Il ne te fit pas les caresses qu'il avait faites à ton frère, je lui témoignai la peine que j'en éprouvais. « Ma chère, me dit-il, votre fille est si délicate; c'est une petite machine qui paraît si fragille, qu'à peine j'ose y toucher! »

Au bout d'un an, la petite machine courait dans l'appartement, commençait à jaser, et on ne la regardait pas mieux. Si en jouant elle se trouvait sur ses pas, ou appuyait sa petite main sur lui, il criait bien vîte : « Otez-donc cette enfant ». Cependant, ma chère Nanine, tu ne m'avais pas rendu ton frère moins cher; et ce ne fut pas sans chagrin que je m'en vis privée pendant les quatre années que je restai encore à Manchester.

Lorsque ton père se vit dans les

bonnes graces du Roi , il ne voulut
plus quitter la capitale , et vint me
chercher pour me renfermer dans un
vaste hôtel où je n'avais que toi pour
société ; à peine le voyais-je. Son humeur devenait de plus en plus taci-
turne , enfin , aux reproches près de
sa jalousie , qu'il ne pouvait plus me
faire , puisque je ne voyais personne ,
il redevint ce qu'il avait toujours été ,
c'est-à-dire le plus dur et le moins so-
ciable des hommes.

Ce ne fut que par les papiers publics
que j'appris que Milady Carlile , sa
cousine , était morte en Italie , où elle
était depuis deux ans. Milord ne m'en
parla pas, il le savait cependant, puisqu'il en hérita. Il n'y avait que mes
enfans qui pussent dans cette situation
m'attacher à la vie. Mon fils ne me
donnait pas de grandes espérances ; et
toi , ma fille , j'avais sur ton sort , des

craintes, qui ne se sont, hélas ! que
trop réalisées. — Je partage tes larmes,
ma chère amie ; et lorsque j'ai reçu la
recherche d'Edouard , j'avais l'espoir
de faire votre bonheur ; je ne peux
cependant encore y renoncer : non ,
mes enfans , non , vous ne serez point
malheureux ; confiez votre sort à une
mère qui vous aime, et qui vous unira
avant de mourir. — Et comment l'espérer ! s'écria Nanine , en remettant
le manuscrit sur la table.

Ah ! ma mère.... ma mère ! ta fille
doit être encore plus infortunée que
toi ! Cependant , tant que tu vivras,
je supporterai mon sort sans me plaindre ; je n'aigrirai pas tes maux par la
peinture des miens..... Allons la rejoindre , et la consoler , ou pleurer
avec elle ! « Sidney paraît dans le moment. — Ah ! vous ne savez pas tous
les tourmens qui ont déchiré le cœur

de ma tendre mère ? Venez avec moi,
et si elle le permet, je vous dirai ce
que je n'ai pu lire sans répandre des
larmes ; je connais votre sensibilité,
vous en serez touché ». Il la suivit, en
éprouvant le desir d'apprendre des détails qui lui avaient déjà été promis.

« Mes chers enfans, leur dit cette
bonne mère, au bout de quelques
jours, je désirerais que vous vous sé-
parassiez pour quelque temps. Je crains
que Milord ne vienne ici, ou qu'il n'en-
voie Patrige pour surveiller nos actions : laissez-moi le soin de vous réunir
pour toujours ». — La tendre amitié
qu'Edouard avait conçue pour elle, le
fit condescendre à ses volontés : » Je
vais vous obéir, ma mère, lui dit-il,
quelque peine que cette séparation me
fasse éprouver. Je suis persuadé que
vous ne pouvez me tromper, et que
vous ne m'éloignez de vous que pour

me rendre l'épouse que vous m'avez permis d'aimer. — Va , mon fils , lui dit-elle , je ne sais pas tromper. Ton bonheur est tout ce qui peut m'occuper. Je te permets d'écrire à ta jeune amie. Écris-moi aussi quelques fois, et je t'instruirai quand il en sera temps , de ce que j'aurai fait pour te rapprocher de nous. »

Fin du premier Volume.